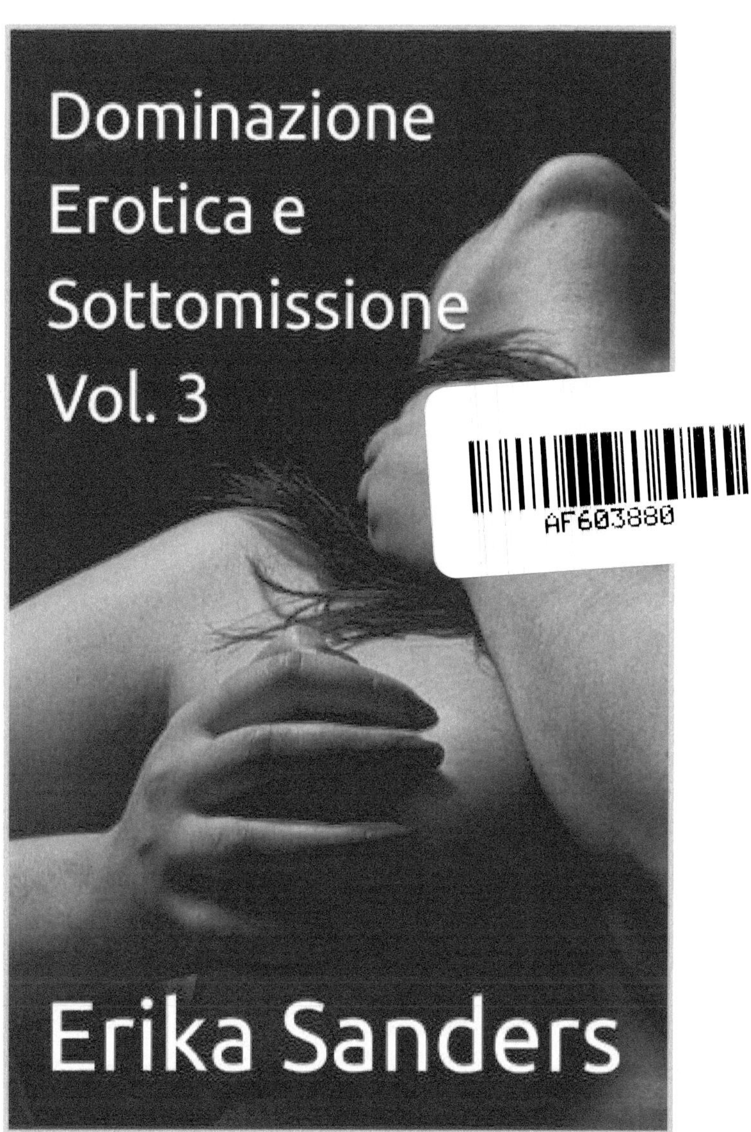
Dominazione
Erotica e
Sottomissione
Vol. 3
Erika Sanders

Dominazione Erotica e Sottomissione
Vol. 3

Erika Sanders
Serie
Collezione di dominazione erotica

Immagine di copertina: © krivitskiy- Pixabay, 2025

Prima edizione: 2025

Sinossi

Questo volume contiene tre titoli BDSM romantici ed erotici ad alto contenuto.

Fidanzata dominante:

Dopo anni di assenza, Andrew si riunisce con la sua vecchia ragazza che vuole riconciliarsi.

Ma lei non è più la stessa ... ed è dispettosa e ferita con lui.

Andrew accetterà la nuova e più fiduciosa Veronica? Cosa farà per vendicarsi del suo tradimento?

Katia:

Katia è una giovane emigrata dall'Est Europa che lavora come escort in un'agenzia di escort per ottenere i documenti di residenza.

Un giorno gli viene offerta un'offerta molto allettante ma che implicherebbe dolore, forse molto dolore.

Riuscirà ad accettare questa strana offerta per raggiungere i suoi obiettivi?

Sesso nei trasporti pubblici (Interrazziale):

In città c'è un forte aumento delle aggressioni sessuali su giovani ragazze nei luoghi pubblici, autobus, metropolitane, ecc.

Tutte queste violazioni si verificano durante il transito verso il luogo di lavoro o gli studi.

Cosa sarà disposto ad andare un giovane giornalista messicano per trovare i colpevoli di tali eventi.

Fidanzata dominante, Katia e **Sesso nei trasporti pubblici (Interrazziale)** sono storie con un forte contenuto erotico BDSM e, a loro volta, appartengono anche alla raccolta Erotic Domination, una serie di romanzi ad alto contenuto BDSM.

(Tutti i personaggi hanno 18 anni o più)

Nota dell'autrice:

Erika Sanders è una scrittrice di fama internazionale, tradotta in più di venti lingue, che firma i suoi scritti più erotici, lontani dalla sua solita prosa, con il suo cognome da nubile.

Indice:

DOMINAZIONE EROTICA E SOTTOMISSIONE VOL. 3
ERIKA SANDERS

FIDANZATA DOMINANTE (DOMINAZIONE EROTICA)

CAPITOLO 1

Non poteva credere che fosse entrato nel suo bar ...

IL TUO BAR !!

Cento bar in questa città, e lui doveva andare da lei.

Idiota!

Sì, le aveva spezzato il cuore ...

L'aveva lasciata per quell'elegante bionda magra.

Ma non era seduta a piangere.

Merda, merda!

Veronica lasciò il bar per mettersi di fronte a lui.

Le sue mani si mossero per riposare sui fianchi ...

Non era una ragazza magra.

No, aveva gambe forti, fianchi, spalle larghe.

I suoi occhi verdi lo guardarono.

Una ciocca di capelli rossi era caduta dalla sua coda di cavallo.

Scosse il viso irritata.

Teneva la testa china, i gomiti sul bancone, mentre guardava un bicchiere di soda.

"Andrea!" Lei grugnì.

La sua testa si alzò lentamente.

Una barba di due giorni gli copriva il viso.

C'erano linee scoscese su quella faccia, che prima non c'erano.

I capelli castani erano spettinati.

I suoi occhi incontrarono i suoi, poi vagarono colpevolmente.

La rabbia divampò calda e violenta nel suo petto.

All'improvviso, la sua mano cadde dal fianco e lo colpì forte sulla guancia.

Lo colpì così forte che lui voltò la testa.

Il bar tacque quando tutti si voltarono a guardare.

Robert si precipitò.

"Cosa stai facendo, Veronica?" Sibilò, furioso.

Tecnicamente era il suo bar, ci lavorava.

Ma anche così, Andrew non aveva il diritto di entrare qui ... non dopo quello che aveva fatto.

Veronica rivolse i suoi occhi ardenti su Robert, pronta ad attaccarlo.

"Va tutto bene, Robert." Disse Andrew, alzando una mano.

Con l'altra si sfregò la mascella.

Una macchia rosso vivo apparve sulla sua guancia.

"Ha il diritto di arrabbiarsi. Ero un idiota."

"Credi che?!!" Lei sbuffò. "Perché sei qui, Andrew?"

"Sono venuto a dire che mi dispiace, Veronica." Le lanciò uno sguardo triste, incontrando finalmente i suoi occhi. "Ho bisogno di fare ammenda."

"Oh, ora lo senti ... Ora lo senti? !!" Le sue narici si dilatarono e barcollò, pronta a colpire di nuovo.

"Vai a rilassarti, Veronica." Disse Robert, indicando il corridoio sul retro. "Forse dovresti andare, Andrew."

Veronica rimase ferma, guardandoli entrambi.

Andrew prese la sua giacca di pelle dallo schienale dello sgabello.

"Sono stata stupida, Veronica, davvero stupida!" Ha detto, indietreggiando. "Ho bisogno di parlarti. Adesso sono sobrio."

Si voltò, dirigendosi verso la porta, i suoi stivali da equitazione che colpivano il suolo.

Vero non si rilassò finché non sentì il ronzio del motore di una motocicletta che si accendeva nel parcheggio.

CAPITOLO 2

La ghiaia scricchiolava sotto i suoi stivali mentre Veronica si dirigeva verso la sua macchina.

Era il suo bambino, la vecchia Chevy del '79, argentata e cromata.

La Honda di Robert era parcheggiata nelle vicinanze.

I suoi erano gli unici veicoli rimasti nel parcheggio del bar.

Ero esausto dopo il lavoro ... e tutto quel dramma con Andrew.

Un movimento a sinistra attirò la sua attenzione.

Una forma ombrosa ... fuori dal ring proiettata dalla luce del parcheggio.

Si stava avvicinando a lei.

"STOP!" Lei ha urlato.

La figura continuava a muoversi verso di lei ...

Una forma ingombrante, che si muove con uno scopo.

Chinandosi, infilò la mano nel vano portaoggetti del camion ed estrasse la pistola che teneva nascosta lì per questo tipo di situazioni.

Quindi in un secondo aveva i suoi Smith and Wesson 9 millimetri e il suo braccio esteso ...

La mano era appoggiata al cofano del camion.

Il suono del caricamento dell'arma echeggiò nel parcheggio vuoto.

"Oh merda!" Sibilò Andrew, mezzo congelato. "Oh Dio! Non spararmi, Vero!"

Al suono della sua voce, abbassò l'arma, l'adrenalina le scorreva nelle vene.

Lo studiò mentre svuotava il proiettile dalla camera.

Non c'era traccia della sua motocicletta qui ... doveva essere un po 'più in fondo alla strada.

Infilò la pistola nella cintura dei jeans.

Non ha detto un'altra parola, finché non l'ha salvata.

Si mosse verso di lei, verso la luce.

"Sei tornato." Era un'affermazione scontenta con le labbra serrate. "Non dovresti andare a pedinare le persone nell'oscurità, Andrew."

"No merda!" Fece una smorfia, guardandola con diffidenza. "Ma Veronica, devo proprio parlarti ..." Lanciò un'occhiata nervosa alla porta del bar.

Robert sarebbe uscito da un momento all'altro.

Andrew sapeva che l'uomo non sarebbe stato troppo felice di rivederlo qui.

"Non ho niente con cui parlarti." Lei ringhiò "A meno che tu non voglia che ti picchi di nuovo."

"Puoi farlo se vuoi ..." Lo disse così piano che lei lo sentì a malapena.

"Di?"

"Ho detto ... Puoi colpirmi di nuovo, se vuoi anche tu." Questa volta un po 'più forte.

Vero lo fissò per un lungo momento, poi fece il giro del camion fino a dove si trovava.

Gli portò la mano al viso con un sonoro WHAM!

Rimase immobile, assorbendo il colpo, con gli occhi chiusi.

All'improvviso, alzò la mano sopra la sua giacca aperta, afferrandogli il collo pieno di muscoli.

La sua mano era esattamente dove si incontravano il collo e la spalla.

"Inginocchiarsi e dire che ti dispiace." Sibilò le parole.

La sua mano lo stava tirando.

Andrew esitò per una frazione di secondo, poi le sue ginocchia toccarono terra.

La ghiaia premeva attraverso i jeans contro la sua pelle.

La guardò nella luce.

"È questo quello che vuoi? Io in ginocchio?" Chiedo.

Annuì in silenzio, la furia le oscurò gli occhi.

Facendo un passo avanti, gli diede un calcio sulle ginocchia con la punta dello stivale per allontanarle ulteriormente.

Si chinò per passarle una mano tra i capelli, poi lei ne prese una manciata e tirò indietro la testa.

"Dillo allora ... dimmi che ti dispiace adesso." Ha parlato in un tono basso e rauco.

"Mi dispiace tanto, Veronica" fu la sua risposta mormorata, trattenendo un singhiozzo senza fiato.

Per un secondo, sembrava che potesse baciarlo.

Ma ci pensò meglio e si allontanò, rilasciandolo invece.

Gemette per la sua assenza, perdendo quel bacio.

Ma fu anche quasi sorpreso dalle parole gettate sopra la sua spalla "Seguimi a casa."

CAPITOLO 3

La sua casa era ancora la roulotte, parcheggiata ai margini del deserto su un terreno di cinque acri.

La luce della luna era così intensa che proiettava ombre sul paesaggio.

Parcheggiò il furgone e guardò la sua Harley attraversare il vialetto fino al parcheggio.

Una tenda da sole si estendeva sulla parte anteriore del vecchio camper ristrutturato, proiettando un'ombra scura.

Muovendosi verso la porta, lo lasciò per seguirlo sulla sua strada.

Andrew si fermò a guardarsi intorno.

Quella era casa sua.

Lo aveva tenuto bene.

Tre anni fa ...

I ricordi lo colpirono come un pugno.

Quasi cadde in ginocchio ...

Tutto quello che sembrava sapere come fare era combattere, una sorta di lotta per il potere, costantemente.

Era solito festeggiare molto con le persone del club motociclistico.

Lavorava al bar.

C'era una stupida bionda dietro di lui ogni volta che poteva.

Veronica era arrabbiata.

Le stava dicendo di rilassarsi, di fidarsi di lui.

Voleva che dicessi alla ragazza di perdersi ...

Ha detto che era suo dovere farlo ... in modo che la cagna sapesse che non era disponibile sul mercato.

Non le aveva mai detto che non stava succedendo niente con quella ragazza.

Ha solo insistito che lei si fidava di lui, le ha detto di non preoccuparsi.

Ma una notte le cose sono peggiorate.

Un altro grande litigio, Veronica che piange nella piccola cucina.

Era di nuovo ubriaco.

Ha tirato fuori i fogli della roulotte da una cartella e lui glieli ha consegnati ... li ha gettati sul tavolo.

Poi ha preparato gli zaini ed è partito per la notte.

Stupido!

L'ha lasciata qui, da sola ...

Così lontano dai suoi amici e dalla sua famiglia.

Percorrendo strade secondarie, gli ci vollero due settimane per arrivare nello stato di Washington.

Quindi, era ancora arrabbiato con lei.

Ha trovato lavoro come taglialegna.

Gli ci vollero circa tre mesi per rendersi conto dell'errore che aveva commesso ...

Sì, era piuttosto stupido.

Una volta capito ... quello che aveva effettivamente fatto, era troppo imbarazzato per tornare a casa, o addirittura chiamare.

Gli ci vollero tre anni per decidere di provare almeno a tornare a casa.

'Non sto facendo niente qui' pensò, guardando le luci accendersi nel trailer ...

Ma c'era qualcosa lì, quando si era inginocchiato per lei quella sera ... giusto?

Aveva frainteso quello sguardo di desiderio nei suoi occhi?

Andò alla porta e bussò.

CAPITOLO 4

Dall'interno risuonò un soffocato "Vieni dentro".

Con il cuore in gola, Andrew aprì la porta di metallo e salì le scale.

Vero era seduto quasi nello stesso posto in cui era stata lei la notte in cui se n'era andato ...

Solo che adesso non stava piangendo.

Ora, aveva le braccia incrociate, guardandolo con uno sguardo di pietra.

Sì, negli ultimi anni era diventata più dura ... Non c'erano dubbi!

Un paio di manette furono poste sul tavolo.

Li guardò con curiosità.

Era sempre stata dominante ... persino aggressiva, ma mai malvagia.

Il suo cazzo ha cominciato a pulsare forte nei suoi jeans sbiaditi.

Erano troppo stretti per nascondere qualcosa.

Guardò il suo inguine con un sopracciglio alzato.

"Te ne sei andato molto tempo fa, Andrew."

Non c'era traccia del dolce sorriso che illuminava quel viso lentigginoso e baciato dal sole.

"Era un idiota," disse, chiedendosi quante altre volte avrebbe dovuto dirlo.

"Lo era? È cambiato qualcosa?" Uno sguardo molto duro.

"Sì ... sono cresciuto. Ho capito quanto ti amo, quanto ho bisogno di te."

Forse quella era stata una cattiva idea, tornare indietro.

Forse non l'avrebbe mai più accettato ...

Non lo perdonerei mai.

"La puttana bionda ti ha lasciato? È per questo che ti stai avvicinando a me?"

"Non sono mai stato con quella ragazza, Veronica. Mi ha solo riattaccato. Io ... avrei dovuto dirtelo. Avrei dovuto dirle di perdersi ..." Si sentiva esausto e triste.

"Di?" Lei aggrottò la fronte. "Che diamine, Andrew ... Tutti quei litigi che abbiamo fatto, non eri nemmeno con lei? Perché?"

"Volevo stare con te ..." Abbassò lo sguardo e lo mise a terra nello stivale.

"NO!!" Lei ruggì. "Voglio dire ... perché non mi hai detto che non eri con lei? !!"

Si era alzata dalla panchina e aveva messo il pugno sul davanti della sua camicia.

Non doveva guardare lontano per stabilire un contatto visivo.

Era solo pochi centimetri più alto di lei.

Lo spinse indietro e lui perse l'equilibrio, aggrappandosi al bancone.

Ansimante, riacquistò l'equilibrio, ma era aperto a tutto ciò che lei voleva, senza fare una sola mossa per sfuggirle di mano.

Tre anni prima si era ritirato da lei e se n'era andato.

Ma adesso lo stava toccando ... per lui era abbastanza.

Il suo respiro si bloccò mentre guardava in basso.

Era di nuovo lì, con quella lussuria negli occhi.

Il suo petto si alzava e si abbassava rapidamente.

Lei si voltò a guardarlo ...

Uno sguardo impegnativo.

Mantenne il suo sguardo per alcuni secondi, poi distolse lo sguardo ...

Non l'ho mai fatto.

Una sensazione di ronzio lo riempì e si sentì stordito.

Guardandosi indietro con i pugni sul tavolo, rabbrividì.

"E 'stato stupido ... pura stupidità ..." disse, riportando gli occhi nei suoi ... cercando di farle vedere nel suo cuore.

Il suo viso si addolcì leggermente, e lasciò andare la sua camicia ... tornò al tavolo e si sedette con un sospiro.

"Dove sei stato tutto questo tempo?" Non lo stava guardando ... stava guardando fuori dai finestrini scuri della roulotte.

"Washington ... Boscaiolo." Sapeva quanto le sarebbe sembrato folle.

"Perché?" Si accigliò di nuovo, sembrando più confusa che arrabbiata.

"Perché ero sbalordito ..."

"Lo so ... ti ho sentito le prime sei volte! Eri uno stupido e uno stronzo ... l'ho capito!" Era di nuovo arrabbiata. I suoi occhi verdi lampeggiano ... "Ma per tre anni, Andrew?"

"Non sapevo come dire che mi dispiace, fino ad ora." Mormorò, allargando le mani.

Dovette chinarsi in avanti per sentirlo, poi si appoggiò allo schienale e annuì distrattamente.

Trascorsero due minuti interi di silenzio.

Andrew rimase immobile, aspettando che finisse di pensare.

All'improvviso, la sua voce ruppe il silenzio.

"Potresti inginocchiarti di nuovo per me, Andrew?" Si voltò verso di lui, il desiderio oscuro di nuovo nei suoi occhi.

Deglutendo, si inginocchiò di nuovo, tenendo gli occhi bassi.

La durezza della sua erezione era dolorosa ed era accaldato dall'imbarazzo.

La sentì alzarsi e vide i suoi stivali entrare nel suo campo visivo.

Ancora una volta, gli diede un calcio sulle ginocchia e lui sentì un gemito.

Gli ci volle un secondo per capire che il suono veniva dalla sua stessa gola.

"Togliti la camicia." Disse, le parole secche erano come coltelli abbassati.

Sbottonando rapidamente abbastanza bottoni da far scivolare la camicia sopra la sua testa, Andrew prima gliela sfilò dalla cintura dei pantaloni con la cintura.

E poi se lo tolse, arruffandosi ancora di più i capelli.

Prima che potesse capire cosa fare con la maglietta, lei gliela prese dalle mani e la lanciò su uno dei sedili del rimorchio.

Gli girò intorno, passandogli una mano sulle spalle e sulla schiena.

"Dannazione, Andrew ... sei davvero molto forte ..."

Aveva muscoli molto forti, ottenuti da un duro lavoro manuale come taglialegna.

Gli tornò davanti e gli passò una mano tra i ricci capelli castano chiaro sul petto.

Successivamente, la sua mano circondò uno dei suoi piccoli capezzoli, e poi lo strinse forte tra i polpastrelli.

Grugnì, facendo una smorfia, non abituato al dolore acuto e lancinante.

Non era mai stata così prima ...

Avevano sempre scopato come persone normali, ed era stato bello.

Avevano fatto anche orali, li hanno fatti sentire bene entrambi ...

Ma questo ... questo le fece battere il cuore e il cervello fuori controllo.

Lei pizzicò l'altro capezzolo e lui fece di nuovo quel gemito.

Aveva sbattuto la testa da qualche parte?

Questo era un sogno?

Il dolore che è esploso quando lei ha scosso entrambi i capezzoli e lo ha riportato alla realtà.

Lasciando un grido rauco, aspirò aria nel petto e iniziò a raggiungere il bancone ... per alzarsi.

Che stava facendo?

Una mano premette sulla sua spalla e lei afferrò una manciata di capelli, tirando di nuovo indietro la testa.

"Se ti alzi, senza che te lo ordini, ti dirigerai verso quella porta ... Hai capito?"

Parlava lentamente mentre si chinava verso il suo orecchio.

Annuì e cadde di nuovo in ginocchio.

Santo cielo, cosa stava succedendo?

All'improvviso, si allontanò da lui, tornando al tavolo.

Ummm, quel bel culo ...

Ma fu distratta da un tintinnio di metallo, mentre prendeva le manette dal tavolo.

Oh merda!

Il suo cazzo pulsava come un matto, e per un secondo pensò di essere in iperventilazione.

"Alzati e voltati." Lei disse.

Adesso c'era una specie di tranquilla sicurezza nella sua voce.

Quello era qualcosa di nuovo

Si alzò e si voltò, aspettando.

"Metti le mani dietro il collo, Andrew"

Lo disse come se lei fosse sicura che l'avrebbe fatto ... e lo fece, intrecciando anche le dita.

Ma quando il metallo si è chiuso attorno al suo polso sinistro, si è spaventato un po '.

CAPITOLO 5

"Hai le chiavi per questo, Veronica?"

Ha cercato di guardarla da sopra la spalla.

Lo ignorò, mentre le teneva l'altra manetta intorno al polso destro.

Poi, in piedi di nuovo di fronte a lui, tirò una collana che le pendeva dal collo.

Non l'avevo notato prima.

La catena era appesa all'interno della scollatura della sua maglietta "Robert's Bar".

Lo tirò fuori e mostrò alcune piccole chiavi delle manette che penzolavano all'estremità della catena.

Annuì, sospirando di sollievo, e fu sorpreso dal sorriso che apparve sulle sue labbra.

"Quanti ragazzi hai rinchiuso in questo modo, Vero?" Ha chiesto deglutendo.

"Sei il mio primo" disse pensierosa.

"Allora perché portavi le chiavi?" Si sentiva a disagio nel fare queste domande, mentre era in manette,

"Stavo aspettando che arrivasse il ragazzo giusto." Le parole suonavano più come un pensiero che come una risposta ...

Dio, era tutto così confuso ... ma così eccitante!

Era venuto qui per scusarsi con lei ... ma chi era questa donna adesso?

Il caldo formicolio nelle sue palle gli disse che chiunque fosse aveva la sua totale attenzione.

"Andiamo in camera da letto." Disse, mentre la sua mano scivolava sotto la cintura sul retro dei suoi jeans, per guidarlo.

Lo spinse lungo lo stretto corridoio.

Per attraversare lo spazio ristretto, ha dovuto piegare i gomiti intorno alla testa.

È stato spinto attraverso la porta della camera da letto.

Il letto era stato rifatto con cura, la stanza in ordine, tranne due oggetti che hanno attirato la sua attenzione.

Sul copriletto c'erano una rivista e un vibratore rosa.

La rivista lo fece fermare bruscamente, e lei quasi inciampò sulla sua schiena.

Sulla copertina c'era un uomo in ginocchio, con una palla nera e rotonda legata alla bocca.

Una corda ha attraversato il corpo dell'uomo, legandogli saldamente le braccia contro il busto.

Una specie di metallo teneva ogni capezzolo.

"Schiavo per il tuo piacere" è apparso nella parte superiore della pagina.

Si bloccò, finché lei non si fece strada intorno a lui, spazzando via caricatore e vibratore dal letto.

"Oh, per l'amor di Dio ... È solo porno!"

Sembrava infastidita, mentre lo buttavo nel cassetto di un comodino.

La sua gola stava lavorando per trovare le parole giuste, ma era troppo sbalordito ...

Stordito che la sua dolce Veronica potesse avere qualcosa del genere.

Il calore la riempì e l'immagine dell'uomo legato fu impressa nel suo cervello.

Un duro strattone contro il suo braccio lo riportò alla realtà.

"Resta davanti al letto, Andrew."

Una volta voltato le spalle al letto e le manette quasi toccavano il telaio, Veronica si mise al lavoro sulla sua cintura.

Quando lo sbottonò, le sue nocche sfiorarono la pelle calda del suo ventre.

Una linea di morbidi riccioli scuri tracciava il centro dei suoi addominali, scivolando nei suoi jeans.

Lo guardò con soddisfazione, mentre i muscoli si contraevano quando venivano toccati e il suo respiro si fermava.

Lentamente, le sbottonò i pantaloni e poi li fece scivolare giù.

Il profilo del suo grosso cazzo era sul lato della sua patta, in slip di cotone nero che la tenevano comodamente.

C'era una zona umida sulla punta di quel rigonfiamento.

Quando lo vide si sentì attraversare da un brusio di calore.

Sarebbe molto meglio che guardare riviste e siti web!

Rapidamente, gli tirò giù i pantaloni fino alle caviglie.

Poi ha iniziato a toglierle la biancheria intima dai fianchi ...

Attenta a non toccare il cazzo che sporgeva dai confini dei suoi vestiti, spinse giù la biancheria intima per sistemarsi con i jeans.

Alzandosi, sollevò le braccia ammanettate sopra la sua testa, portandole a riposare davanti al suo corpo.

"Semplicemente rilassati." Comandò, mentre lo spingeva rudemente sul letto.

"Andare avanti."

Con le braccia incrociate, lo guardò stendersi goffamente sul letto.

Era un compito difficile con mani e piedi ostacolati.

Una volta posizionato a suo piacimento, si spostò al suo fianco, appoggiando una mano su quella pancia tesa.

"Metti le mani sulla testa."

Il letto era su una struttura della piattaforma fatta a mano con una testiera incorporata.

La testiera conteneva ringhiere di metallo.

Veronica, con il suo amico carpentiere Cliff, l'aveva fatto un anno prima.

Lo adorava ... non vedeva l'ora di usarlo finalmente come aveva originariamente previsto.

Quante notti aveva sognato questo?

Si tolse gli stivali, salì sul letto e si mise a cavalcioni sul petto.

Si tolse la catena dalla camicia e si sporse in avanti, sul viso di lei, aprendo un polsino.

Quindi la manetta è passata lungo una delle guide di metallo e l'ha riattaccata al polso.

Andrew strofinò il viso contro i suoi seni mentre scivolavano su di lei.

Ringhiando, si appoggiò allo schienale e lo colpì duramente in faccia, per la terza volta quella notte.

"Ti avevo detto di farlo?" Gli chiese, fissandolo.

Scosse leggermente la testa, ma non sembrava dispiaciuto.

Prendendo un capezzolo, lo girò forte.

Il suo corpo sussultò sotto di lei e gemette.

Ha raggiunto l'altro, e lui ha cercato di allontanarsi ...

"Va bene!" Ansimante. "Scusa ... non lo farò più."

Si leccò nervosamente un labbro, ma quando lei scivolò indietro, i suoi jeans sfiorarono violentemente il suo cazzo duro.

Si guardò, poi di nuovo lui.

Il suo sguardo cambiò, come se fosse imbarazzato.

Guardando in basso, si diresse verso la porta della camera da letto.

"Vado a farmi una doccia. Ho l'odore dello stesso bar."

Si voltò a guardarlo di nuovo ... ammanettata al letto, nuda tranne che per i vestiti aggrovigliati intorno alle caviglie e gli stivali da motociclista.

Il suo cazzo era eretto e palpitante, gocciolante di precum.

Un brivido la percorse, e questa volta il suo ringhio era di lussuria primordiale.

"Non andare da nessuna parte".

E uscì con un sussurro rauco.

"Non mi lascerai così, vero Veronica?" Chiese con gli occhi imploranti.

Gli rivolse un sorriso sadico e lasciò la stanza.

CAPITOLO 6

Sembrava un'eternità, ad aspettare lì, ammanettato al letto.

Andrew ha sentito il suono di lei sotto la doccia.

Per un momento, si chiese se poteva uscire dalle manette, se voleva.

No, non è stato possibile.

Questo gli ha dato alcuni momenti di panico, ma poi si è costretto a calmarsi ... e ammettere che non voleva davvero uscire.

Ci pensò per un po 'e il suo pene flaccido prese vita.

Gemette e desiderò che si sbrigasse ... sapendo che si stava godendo il suo dolce momento.

Infine, ha finito di fare la doccia ed è entrata nella stanza con una morbida veste bianca.

Andò in un cassetto e lo frugò.

I suoi capelli rossi erano pettinati e le pendevano umidi sulle spalle.

Prese alcune cose dal cassetto, lasciò di nuovo la stanza, senza nemmeno guardarlo.

La melodia che stava canticchiando attirò l'attenzione del suo orecchio.

Andrew la seguì con lo sguardo.

Dopo essersi vestito, è tornato nella stanza.

Indossava una maglietta bianca aderente e scollata che rivelava il suo seno ampio e la vita sottile.

Con un paio di pantaloncini scozzesi bianchi e neri, che rivelano una pancia piatta e fianchi pieni.

Si spostò al suo fianco.

Con le nocche di una mano, tracciò la linea della sua mascella irta di capelli.

Amava ancora come con quegli occhi vulnerabili.

Le nocche si avvicinarono per tracciare le sue labbra e lei gli inserì un dito nella bocca.

"Succhiali." Disse, portando un secondo dito alla bocca.

Ingoiando, succhiò dolcemente, avvolgendoli con la lingua.

"Hai bisogno di una parola." Ha detto, pompando le dita dentro e fuori dalla bocca. "Una parola per dirmi se quello che sto facendo è troppo ... se davvero hai bisogno che mi fermi."

Gli strappò le dita dalla bocca e lui si leccò le labbra.

"Non hai fatto niente che io non possa gestire." Borbottò sottovoce.

"Oh, davvero non abbiamo ancora iniziato, Andrew!" Ha detto con una breve risata. "Dimmi una parola".

"Addolcimento," disse, dopo un momento di esitazione.

Fu una delle poche cose che mi venne in mente in quel momento.

"'Ammorbidire' è, quindi ... Ricordalo, okay?"

Aspettò che lui annuisse, poi si alzò e andò a un tavolo vicino.

La luce aumentò mentre accendeva alcune candele.

Prendendo una bottiglia di olio per bambini, si allungò e gliela versò generosamente sul petto e sulla pancia.

Altro versato sul suo cazzo e sulle palle.

Trattenne il fiato quando lei iniziò a spargere l'olio su di lui con mani ferme.

Lo stese sui peli del petto.

Poi, fissandolo negli occhi, gli accarezzò l'olio sul cazzo e sulle palle, circondandolo nel suo nido di capelli.

"Di sicuro non ho bisogno di una parola per fermare tutto questo!" Ha detto con una piccola risata.

Alzando un sopracciglio, si asciugò le mani sull'asciugamano che stava portando e si alzò.

Prese una candela bianca accesa sul tavolo.

Era spesso circa due pollici.

Posandola a terra a pochi metri sopra il suo ventre, lo guardò.

Deglutì e sussultò.

La candela le passò lentamente dalla mano e la cera calda le si rovesciò sull'addome.

"Ahhhh ..." gemette, stirando gli addominali.

Rimase senza fiato per un minuto.

Lo guardò, aspettando che lui avesse di nuovo ottenuto la sua attenzione.

Ora la candela era sul suo capezzolo sinistro.

Il suo respiro veniva a piccoli scoppi, i suoi occhi fissi sulla candela.

Un gemito, mentre la cera le schizzava i capezzoli e le scivolava lungo il fianco.

Guardando in basso, Veronica fu stupita di vedere quanto fosse rimasto duro il suo cazzo.

Lentamente, abbassò la vela per librarsi sopra quel muscolo pulsante.

Ancora una volta, i suoi occhi lo seguirono, poi si spalancarono.

"Nooo ... Nooo ... No, Veronica, per favore !!" Si irrigidì contro i pugni, scuotendo la testa.

"Hai una parola, ricordi?" Ha chiesto, la sua faccia dura. "Hai intenzione di usarlo?"

Rimase immobile per un momento, guardandola.

Avrebbe dovuto dire quella parola, se voleva che finisse.

Scuotendo la testa, si lasciò cadere contro il letto.

I suoi occhi si chiusero, il suo viso arrossì.

Veronica sedeva lì tenendo la candela, lasciando che altra cera si accumulasse ... Aspettando che lui la guardasse di nuovo.

Dopo un secondo, ha aperto gli occhi.

"Pronto?"

La domanda le venne quando vide il suo sguardo fisso su di lei.

In realtà, era più un'affermazione che una domanda.

Spingendo le mani in alto, afferrò i binari della testata più vicini, stringendoli saldamente.

Poi annuì.

Tenendolo un po 'più in alto questa volta, inclinò la candela.

Lentamente, lo lasciò gocciolare per schizzare sul suo cazzo, gocciolando anche sulle sue palle.

Goccia dopo goccia è caduta.

Gemendo e tremando, la sua testa ricadde all'indietro quando le forti sensazioni lo colpirono.

Ha continuato a gocciolare altra cera.

Ora sui suoi capezzoli e sul suo petto ... e di nuovo sulla sua pancia.

Il suo busto era ricoperto di cera bianca ...

Quando i suoi occhi incontrarono i suoi, sembrava stordito e ubriaco.

La sua espressione adesso era dolce.

Ripose la candela nel candelabro e si chinò a pochi centimetri sopra il suo viso.

Con la mano che gli stringeva una manciata di capelli, alla fine gli diede quel bacio sulla bocca.

Aprendo le labbra per accoglierla, gemette, lasciando che la sua lingua lo saccheggiasse dentro.

Il bacio è stato invasivo ed esigente.

Ansimante, lasciò che lo portasse dove voleva.

Questo era un lato di lui che non aveva mai pensato esistesse.

Le ha fatto qualcosa, l'ha trafitta di fame.

Afferrò le chiavi delle manette e si mosse rapidamente per sbloccarle.

Sembrava confuso.

Lo baciò di nuovo.

"Togliti gli stivali e i pantaloni," insistette con voce roca.

Fu pronto a obbedire, mentre si dirigeva verso il bagno.

CAPITOLO 7

Quando ha lasciato la stanza, ha lavorato rapidamente per districare il caos di stivali, jeans e boxer.

Ha sentito l'acqua scorrere nel bagno.

"Togliti la cera dal cazzo e dalle palle." Gli ordinò, tornando con un panno caldo e un asciugamano.

Fu sorpreso dalla facilità con cui la cera si staccò, con l'olio sotto.

La guardò dall'alto delle palpebre abbassate, il respiro morbido, seguendo rapidamente il suo comando.

Aveva le vertigini.

Si è trasferita nell'armadio mentre lui si puliva.

C'era una scatola di cartone appollaiata su uno degli scaffali, la sollevò, appoggiandola su una sedia vicina.

Poteva intravedere una varietà di cose strane all'interno ... e alcune cose erano ancora negli involucri.

La scatola lo lasciò perplesso ...

Aveva comprato quelle cose? Articoli in pelle?

"Inginocchiarsi sul letto." Ha ordinato, tirando fuori qualcosa dalla scatola.

Il suo respiro accelerò mentre saliva sul letto e si inginocchiava.

"Mani lungo i fianchi."

Abbassò le mani, tremando un po '.

Era così pazzo ...

Era appena venuto a dire che gli dispiaceva per quello che era successo.

Ma non c'era modo che potesse uscirne adesso, assolutamente no!

E lei lo aveva baciato ...

Gli bastava restare.

Guardò quello che aveva in mano ... era una collana di pelle nera larga circa due pollici, con un anello di metallo sul davanti.

Oh merda!

"Me lo metti?" Chiese nervosamente, deglutendo a fatica.

Il suo cazzo pulsava.

Un solenne cenno del capo fu la sua risposta.

Con due dita le sollevò il mento e poi lei gli fissò la collana intorno al collo.

Aveva una sensazione di bruciore che gli scendeva all'inguine.

Perché questo lo eccitava?

Facendo un passo indietro, lo ammirò con quegli occhi pieni di verde lussuria.

La pelle era opprimente contro la sua gola.

Cercò di guardarla negli occhi, ma dovette chiuderli.

Chinò la testa, arrossito dall'imbarazzo.

"Adesso sei mio, vero Andrew?"

Poteva sentire il suo corpo così vicino, mentre gli soffiava le parole nell'orecchio.

Lui annuì, non fidandosi della sua voce.

Allungò la mano per spazzolare la cera dai capezzoli, sfiorandone le punte con le dita.

La pelle d'oca si formò sulla sua pelle mentre lui tremava sotto il suo tocco.

All'improvviso, si voltò e tornò alla scatola.

È tornata con una specie di cinturino in pelle.

Andrew deglutì, ma rimase immobile, avvolgendosi spesse fasce di cuoio intorno alle cosce.

Lo fece inginocchiare di nuovo, centrato sul letto.

Quindi gli legò delle fasce intorno ai polsi e le legò all'esterno delle fasce per le cosce.

Di tanto in tanto, si fermava al suo lavoro per fissarlo avidamente.

Poi si mosse dietro di lui, aggiustandogli le fasce intorno alle caviglie.

Convincendolo in una posizione più ampia in ginocchio, ha attaccato alcune brevi catene di metallo dalle caviglie alle cosce su entrambi i lati.

Ora era immobilizzato.

Polsi e caviglie fissati alle cosce.

Tenuto muscolosamente stretto.

Ha combattuto il panico.

"Ho ancora quella parola se ne ho bisogno?" Chiese a denti stretti, la testa gettata all'indietro.

"Sì," disse Veronica, esaminando di nuovo la scatola.

Si fermò di nuovo di fronte a lui, gli oggetti in mano.

"Vuoi usare la tua parola adesso?"

"Uh, uh" disse, scuotendo la testa "no", spostando la collana contro il suo collo. "Ho solo bisogno di sapere che quella possibilità è ancora lì."

Il suo petto si alzava e si abbassava per lo sforzo di controllare il respiro.

Ma per qualche strana ragione, il suo cazzo era duro come una roccia e gocciolava liquido sul letto.

Afferrò di nuovo l'olio per bambini e se ne strofinò un po 'sul cazzo gonfio.

Si sentiva paradisiaco e spinse in avanti i fianchi per quanto gli consentivano le restrizioni.

Rapidamente, lo colpì con il palmo aperto.

Gemette e si spinse di nuovo in avanti, incapace di fermarsi.

"Silenzio." Ha ordinato, un piccolo ringhio nella sua voce.

Lui annuì, deglutendo contro il suo collo.

Lentamente, mise un anello di gomma nera sul suo cazzo pulsante.

Guardò con stupore mentre il suo cazzo cresceva ancora di più, le vene che sporgevano lungo il suo membro.

Brillava dall'olio.

"Porca miseria!" Gemette, desiderando di poterlo sopportare.

Ma lui era distratto da quel pensiero, mentre lei tornava alla scatola ... facendo leva su un pacchetto.

E adesso cosa?

In piedi di fronte a lui, teneva in mano un oggetto di gomma nera a forma di cono.

È un plug anale?

Li avevo già visti nei negozi porno prima ...

Un brivido lo percorse.

No ... oh diavolo no!

Ha iniziato a scuotere la testa.

"Andiamo Veronica ... Assolutamente no ... non è quello che penso che sia ... vero?"

Non riusciva a staccare gli occhi da esso.

"Lo è, Andrew ... è quello che pensi che sia ... ma non il più grande che ho. Puoi sopportarlo. Sei ancora vergine lì?"

Lo guardò.

Annuì alla sua domanda e poi si riscosse.

"Certo che lo sono! Non me lo puoi mettere sul sedere ... Dai, piccola, non dici sul serio! Davvero?"

Tirò le cinture.

Stava in silenzio di fronte a lui, le gambe incrociate sexy, il buco del culo coperto in una mano e il lubrificante nell'altra.

"Penso che tu possa gestire questo ... per me." Ha detto con calma.

Scosse di nuovo la testa, ma aveva smesso di combattere i suoi legami.

"Per me." Disse di nuovo, in tono rauco.

Lentamente i suoi occhi incontrarono i suoi.

"Mi baci di nuovo?" Chiese, la sua voce tremante.

Non poteva credere di essere d'accordo con questo.

Era tutto così folle.

Lei annuì, mantenendo il contatto visivo.

"Sì, ti bacerò sicuramente di nuovo, se lo fai per me."

"Va bene ... ma ti fermerai se ti fa troppo male?" Si sentiva disperato e spaventato.

Gettando il fallo del culo e il lubrificante sul letto, si arrampicò accanto a lui.

Chinandosi, gli sfiorò il collo con le labbra.

"Ho te bambino." Lei sussurrò.

Annuì, tremando ma calmandosi.

Le diceva le stesse parole, molti anni fa, quando stava imparando a cavalcare in sella alla sua bicicletta.

OK, lo ricordava anche lei, si ricordava quando le cose andavano bene.

Annuì di nuovo.

Veronica, inginocchiata sul letto dietro la schiena muscolosa e il culo, ammirava il panorama.

Amava il modo in cui appariva, legato in questa posizione ...

Amava il modo in cui continuava a sottomettersi ai suoi desideri più oscuri ...

Lascia che indossi la sua collana!

Un brivido la percorse e gli accarezzò la guancia del culo.

Si irrigidì, aspettando.

"Rilassati ..." mormorò, massaggiandosi l'ano.

Una volta fatto questo, strofinò un dito attraverso il suo buco stretto.

Un forte tremore lo attraversò mentre gemeva.

Ritirando la mano, afferrò il lubrificante, spalmandolo su un dito.

Ha distribuito una quantità di lubrificante intorno all'esterno del suo buco.

Un sussulto e lui abbassò la testa all'indietro, appoggiando il corpo contro i suoi polpacci.

Lo spazio era stretto, ma poteva ancora far scorrere la mano sotto di lui, lentamente un dito nel culo stretto.

"Ohhhh ..." Espirò con un gemito sommesso.

Non era esattamente il suono del disagio.

Un sorriso si diffuse sul viso di Veronica mentre faceva scorrere un secondo dito verso l'interno.

Un altro gemito ricompensò i suoi sforzi.

Usando un po 'le dita, lavorò per rilassarlo.

Ha sussultato e si è alzato i polpacci.

Sentì l'entrata stretta cedere un po '.

Sporgendo le dita, afferrò il tappo a forma di fallo, ungendone generosamente la lunghezza.

Non era enorme, ma sapeva che lui l'avrebbe sentito in quel modo su quel culo vergine.

"Siediti ancora un po '." Gli disse, la sua mano sulla natica del culo per guidarlo.

Seguì in silenzio le sue istruzioni, il petto che si sollevava.

Ora che aveva spazio per lavorare, mise l'estremità stretta a forma di cono contro il suo buco.

Un piccolo ringhio quando sentì la punta bagnata premere contro di lui.

Si è schiacciato.

"Rilassati", disse di nuovo, "e siediti dentro".

Facendo un respiro profondo, ci provò.

Rapidamente la spina scivolò a metà e con una spinta rapida e forte, la spinse oltre i suoi anelli interni.

La base rotonda e piatta si trovava comodamente tra le sue natiche.

"Oh mio Dio!!" Gemette ... "Merda! Allora tutto dentro!" Ansimava, cercando di calmarlo.

Sbattendo leggermente il culo, si alzò dal letto e andò alla scrivania.

Prese un paio di mollette e lei ne mise una su ogni capezzolo.

Gemette e tremò.

Tornata sul letto di fronte a lui, Veronica si passò le mani sulle spalle e lungo le braccia muscolose tese.

Strofina la pancia con le dita sulle gocce di cera.

Lui guardava, mentre lei lo ammirava, legato così.

Con la mano dietro la sua testa, tirandolo più vicino a lei, gli diede il bacio promesso.

Il bacio che si era guadagnato.

Inginocchiandosi tra le sue ginocchia tese, lasciò che il suo corpo premesse contro il suo.

La sua lingua esplorò la sua bocca con un desiderio così appassionato che lei pensò che potesse venire proprio lì.

L'anello intorno al suo cazzo ha fornito una pressione sufficiente per fermarlo.

Dio, aveva un sapore così buono!

Una corrente attraversò tutto il suo corpo mentre lo sentiva così acutamente ...

La sua lingua le riempiva la bocca, il suo culo riempito con il tappo, il suo cazzo gonfio contro l'anello, i suoi capezzoli che bruciavano e il suo corpo legato.

Era completamente uno schiavo per il suo piacere!

Ingoiando aria, si sentì come se potesse soffocare con tutte le sensazioni.

La sua erezione pulsante premette contro il suo corpo.

"Per favore, Veronica" supplicò ... non era sicuro di cosa stesse implorando. "Per favore!"

Lei annuì, baciandolo forte per un altro momento.

Poi si spostò di lato e lentamente iniziò a scuotere il suo cazzo oliato.

Sweep completi dalla base alla testa.

Agitando il corpo sotto la mano, grugnì e gemette.

All'inizio è stato incredibile e ha buttato indietro la testa.

Ma quando il suo ritmo aumentò, divenne travolgente.

"Più piano per favore!" Ha implorato ... era troppo in una volta.

Ha provato ad alzare una mano per fermarla, ma il braccialetto lo ha fermato.

Continuava ad aumentare il ritmo, un sorriso malvagio sulle labbra.

La sua mano scivolò lungo l'intera lunghezza del suo cazzo, colpendo la sua testa a fungo.

Era quasi doloroso, il suo cazzo così gonfio dal ring.

Grugnì.

La sua altra mano si protese per premerla contro un capezzolo vestito e gridò.

"Hmm, va bene, sentilo!" Gli sussurrò all'orecchio.

Premendo il suo corpo contro il suo fianco, lo colpì costantemente.

Nonostante l'imbarazzo del suo ritmo, sentì la pressione accumularsi nelle palle.

"Sto per ... sto per ..."

Il suo corpo si inarcò mentre cercava di liberarsi contro l'anello.

"Adesso verrai!" Gli ringhiò all'orecchio.

Testa gettata indietro, i fianchi che si muovono entro i confini della sua schiavitù, l'orgasmo lo colpì.

Luci brillanti pulsavano davanti ai suoi occhi.

I muscoli si contraevano forte e lo sperma caldo pulsava in un arco.

Il suo corpo ebbe le convulsioni e ondate di sperma bianco e denso furono espulse da lui.

Ha continuato a scuotere il suo cazzo fino a quando l'ultima goccia è stata espulsa dal suo cazzo affaticato.

Il suo corpo si sentiva svuotato come il suo cazzo.

L'euforia lo investì e si sentì come se stesse galleggiando.

Con le dita sul suo mento, gli sollevò la testa e gli diede un altro bacio sulla bocca.

Quindi iniziò a slegarlo lentamente, rimuovendo prima le mollette.

Allungando gli arti, Andrew si alzò finalmente dal letto, le gambe leggermente instabili.

La guardò in silenzio, mentre lei toglieva la biancheria da letto e la gettava in un angolo.

Il suo cazzo, senza l'anello, penzolava molle.

Pensava di poter dormire per giorni ...

Ma adesso si stava togliendo i vestiti, le sue curve bianche e nude morbide alla luce delle candele.

Oh Dio ... era passato così tanto tempo! Ed era così bella!

I capelli rossi che le cadevano sulle spalle ...

Riccioli rossi polverosi che coprono il suo tumulo.

Gli venne l'acquolina in bocca mentre il suo cazzo prendeva vita.

Tirò indietro la coperta e le lenzuola, sdraiata sul letto.

Allargando le gambe, si passò una mano sulla figa bagnata ... poi la chiamò con l'altra mano.

Si arrampicò sul letto, la faccia sepolta nella sua fica bagnata.

Ricordando il cedimento sul suo viso, usò la lingua per rivestire i suoi dolci succhi.

Cielo !! Questo era dove doveva essere!

Ogni esitazione era svanita.

Questo era qualcosa che sapeva quasi come un'abitudine ...

Come far ronzare il suo corpo, come gli piaceva farlo.

Le leccò la clitoride e le succhiò le labbra.

Gemette in risposta.

Tre anni non hanno potuto cancellare quella conoscenza.

Sollevò le mani per strofinarle i seni e i capezzoli.

Questa volta, tuttavia, era già a metà strada per venire quando ha iniziato.

La sua eccitazione era già profonda, alimentata dai suoi atti di sottomissione.

Con la bocca aperta, premette la lingua contro di lei, stupito dalle sue risposte.

Gemiti gutturali gli sfuggirono.

"Dannazione, sei bravo Andrew!" Ha detto, accarezzandole i capelli.

Le parole gli diedero una scossa di piacere, e leccò con più entusiasmo.

Quando le sue mani si abbassarono per afferrare i suoi capelli e il suo corpo si irrigidì, capì che lei si stava avvicinando all'arrivo.

Non si fermò al suo lavoro, la sua lingua premuta contro il suo clitoride gonfio.

E quando l'orgasmo esplose e lei rimase senza fiato, lui era pronto per l'eiaculazione che uscì dalla sua figa.

Non era mai successo prima!

Gli tenne la testa contro la sua mentre lui la beveva.

Wow, qualcosa di sicuro è andato bene con la notte!

Abbassò lo sguardo sul suo corpo agitato con stupore.

"Continua a leccare!" Lei grugnì e ebbe un altro spasmo, mentre lui si precipitava ad obbedire.

Un terzo e un quarto orgasmo la fecero tremare la schiena, ricompensando il suo sforzo.

Alla fine, si lasciò cadere contro il letto con un sospiro esausto, spingendolo a unirsi a lei.

Baciandogli il viso bagnato, gli premette il viso tra le mani.

"Sei tornato per sempre?" Lei chiese.

"Sono perdonato?" Le scrutò il viso.

"Sì, lo sei ... Ma fidati che dovrai guadagnare di nuovo."

Annuì in solenne comprensione alle sue parole, uno sguardo triste negli occhi.

Ma poi lei rotolò sul suo petto, spingendolo sul letto con il suo corpo.

"Ma c'è qualcos'altro, Andrew. Come puoi vedere, sono cambiato. Ho esigenze diverse ora ..."

Lo fissò, uno sguardo affamato negli occhi.

"Se l'avessi notato!" Disse, con una risatina, deglutendo a fatica.

Le sue natiche diventarono rosa, il suo cazzo sobbalzò contro la sua coscia.

"Allora, rimani per cose come questa ... come quello che abbiamo fatto stasera?" La domanda è arrivata con uno sguardo serio.

Seppellendo la testa nel suo collo, annuì con fervore contro di lei, troppo imbarazzato per incontrare il suo sguardo.

Il suo cazzo pulsava.

Con un profondo sospiro di sollievo, lo strinse forte contro di sé.

L'intensità del suo abbraccio parlò più di quanto le parole potessero dire.

Con un crescente senso di eccitazione, sapeva qualcosa ...

Sapeva che anche se ci sarebbero stati alti e bassi, sarebbe stato più facile in questo modo.

Molto meglio che combattere ...

Lascialo andare e lascia che sia uno schiavo per il tuo piacere.

FINE

KATIA: UN THRILLER BDSM EROTICO

CAPITOLO I

La coscia lunga e magnificamente modellata di Katia brillava come oro liquido per il caldo sole che filtrava dalla finestra sopra l'ufficio arredato con gusto.

La sua gonna corta grigia faceva ben poco per nascondere le gambe avvolte in calze firmate.

Anche la segretaria che osservava Katia attraverso il vetro e da dietro la sicurezza del suo tavolo d'acciaio si è sentita obbligata ad ammirare la perfezione della figura del visitatore.

Nonostante il flusso costante di uomini e donne attraenti e ben vestiti che passavano attraverso le porte della "Dream Job Executive Placement Agency", Katia era chiaramente eccezionale.

La sua eccezionale bellezza era uno dei motivi per cui aspettava fuori dall'ufficio Anthony Robson, amministratore delegato e proprietario dell'agenzia.

Guardandosi intorno nell'ufficio decorato in modo costoso, Katia si ritrovò a sorridere.

Si chiese cosa avrebbero detto gli altri inquilini di questo edificio esclusivo se si fossero resi conto che il vero affare del suo vicino era fornire prostitute ai ricchi e famosi.

Katia è nata e cresciuta nell'Europa dell'Est in una buona famiglia.

Si era appena laureato in economia quando una combinazione di politica instabile e la mafia russa aveva rovinato i suoi genitori, che sono stati trovati morti nella loro stanza, apparente risultato di un patto suicida.

Katia aveva avuto i suoi dubbi sulla vera causa della loro morte, ma era abbastanza astuta da tacere.

Abbandonando il college, si era trovato sul mercato del lavoro in un paese inondato di lavoratori volenterosi e pochi posti di lavoro.

Presto si rese conto che per avere qualsiasi tipo di futuro, avrebbe dovuto dirigersi verso ovest.

Per i mesi successivi, Katia si guadagnò da vivere come modella per i numerosi fotografi stranieri che si trovavano in abbondanza in tutta l'Europa orientale e in Russia.

Nonostante le numerose offerte, ha rifiutato di recitare in film o foto pornografici per le principali riviste e siti Web.

Ad ogni sessione di modella, ha fatto del suo meglio per fare amicizia e ha colto l'occasione per porre domande ponderate e tempestive.

Alla fine, ha deciso di puntare gli occhi sulla Gran Bretagna e, con l'aiuto di uno dei suoi nuovi amici, ha trovato il giusto "collegamento".

Utilizzando un'attenta selezione di fotografie raccolte dal suo lavoro di modella, ha messo insieme un curriculum e lo ha inviato per e-mail al suo potenziale nuovo datore di lavoro.

Una settimana dopo, ha ricevuto una telefonata da Anthony Robson e un invito a partecipare a un colloquio con uno dei suoi "cacciatori di talenti".

Si sono incontrati in un ristorante sobrio e hanno parlato per più di un'ora.

Ha fatto a Katia domande sul suo passato, le sue ambizioni e gli affari in generale.

Le chiese anche delle sue abitudini e dei suoi gusti sessuali, alcuni dei quali rasentavano l'osceno.

Katia si rese presto conto che era sottoposta a visita e fu attenta a rispondergli francamente e non fu sedotta dai suoi modi scortesi.

Alla fine, il reclutatore gli ha fatto un'offerta.

In cambio di un contratto di servizio triennale, l'Agenzia ti garantirà un generoso reddito mensile minimo e si occuperà del tuo trasporto in Gran Bretagna, compresa tutta la documentazione necessaria per l'immigrazione.

Soprattutto, una volta che aveva tre anni, le era stata garantita la cittadinanza in Gran Bretagna o negli Stati Uniti.

Katia sapeva che molte di quelle promesse erano spesso prive di significato o false.

Tuttavia, tutti i suoi contatti avevano parlato molto bene di Robson e della sua organizzazione.

Aveva la reputazione di mantenere la parola data.

E poiché aveva poco da perdere, Katia ha firmato il contratto senza ulteriori discussioni.

Adesso era una escort di alta classe.

CAPITOLO II

Durante la sua prima settimana a Londra, Katia ha frequentato un corso di comportamento e tenuto da molti dei migliori dipendenti di Robson.

L'hanno messa a conoscenza delle ultime mode, dei pettegolezzi che circondavano la società, nonché dei nomi e delle origini dei ricchi e famosi.

Come parte di questo corso, le era stato chiesto di fare sesso con un uomo e una donna che, tra di loro, la sottoponevano a tutte le possibili attività sessuali.

Spinta dalla determinazione a non tornare mai più nella povertà della sua vecchia casa, Katia si è "laureata" a pieni voti.

Katia si stabilì presto nella sua nuova vita da alta società e, per la maggior parte, la trovò piacevole, anche se gli uomini che intratteneva erano sconsiderati ed esigenti a volte.

Lavorava da tre mesi e si era appena trasferita in un nuovo appartamento quando ricevette una chiamata dalla segretaria di Robson.

La mattina dopo avrebbe partecipato a una riunione con il signor Robson.

Sconvolta da questo evento senza precedenti, Katia trascorse la notte cercando di ricordare qualsiasi reato, reale o immaginario, che potesse averla messa nei guai.

Il pensiero che potesse essere licenziata e cacciata dalla sua nuova vita la terrorizzava.

CAPITOLO III

Katia era seduta fuori dall'ufficio di Robson per quasi mezz'ora quando un'altra donna entrò e si sedette accanto a lei.

Katia non aveva mai incontrato questa donna prima, ma rientrava nel profilo generale delle escort dell'Agenzia.

Aveva i capelli neri ed era più bassa di Katia.

Indossava un completo di pelle nera stretto e teso che mostrava chiaramente che il suo corpo era bello, colto e ben tonico.

Il caldo odore muschiato del cuoio combinato con il profumo e il profumo naturali della donna riempì Katia, che si voltò per sorridergli e annuì.

L'arrivo della donna sembrò fungere da segnale e pochi istanti dopo, la segretaria alzò lo sguardo dai suoi documenti e fece cenno ai due di entrare nel santuario di Robson.

Katia bussò alla porta e l'aprì.

Quando i due entrarono, videro il suo datore di lavoro, Anthony Robson, in piedi davanti a un divano, che sorrideva generosamente.

Un tavolo basso era apparecchiato con tè e biscotti.

Katia si sentì rilassata un po ', poiché lo scenario non sembrava portare a un rimprovero o un licenziamento.

"Signore, benvenute," disse Robson, allargando le braccia come per abbracciarle.

"Siediti, per favore," disse, indicando le sedie su entrambi i lati di lei. 'Tè?'

Entrambe le donne annuirono.

Katia poteva vedere la propria confusione riflessa sul viso dell'altra donna.

Non aveva mai sentito parlare di un dipendente che veniva onorato in questo modo.

La sua attenzione tornò su Robson quando lo sentì schiarirsi la gola in preparazione di rivolgersi a loro.

'Sono molto felice di incontrarvi oggi. Non capita spesso di poter parlare con le truppe, per così dire ", ha detto Robson, che suonava come un tipico cartone animato da boss della vecchia scuola.

Eppure i suoi occhi tradivano l'intellettuale acuto e calcolatore che lo aveva portato al vertice della sua industria un po 'cupa.

'Credo che dovrei iniziare presentandomi a vicenda. Katia, questa è Samantha, Samantha, Katia.

Le due donne si scambiarono un cortese cenno di saluto, e allo stesso tempo colsero l'occasione per fare una valutazione più esauriente dei beni e dell'aspetto dell'altra.

Katia vide che le sue impressioni iniziali su Samantha erano corrette e, a un'ispezione più attenta, appariva ancora più agile e con il corpo di pantera di prima.

I suoi grandi occhi marrone scuro sembravano sopraffare il suo viso affilato e spigoloso, facendola sembrare un modello predatore.

Robson mise giù il tè e continuò:

'L'agenzia è stata contattata da un cliente molto importante, che ha fatto una richiesta piuttosto insolita. Data l'importanza e i potenziali benefici da ottenere se siamo in grado di soddisfare questo cliente, ho scelto due delle nostre migliori ragazze per questo lavoro. ' Annuì, guardando ciascuna donna a turno. «Samantha, se accetti il lavoro e ti comporti in modo soddisfacente per il cliente, sarai pagato dieci volte la tua tariffa normale. Katia, la tua ricompensa, sospetto, sarà ancora maggiore. Se fai bene questo lavoro, l'Agenzia rinuncerà al resto dei termini del tuo contratto, oltre a organizzare i tuoi documenti di cittadinanza.

Katia si sentì battere il cuore quando sentì le parole di Robson.

Non solo gli è stata offerta la sua libertà, ma anche l'opportunità di sfuggire definitivamente alla paura di dover tornare alla disperazione della sua vita precedente.

Tuttavia, il sorriso gentile del suo datore di lavoro riportò i suoi pensieri alla realtà.

Robson non aveva ancora detto ciò che era loro richiesto in cambio.

'Non ho intenzione di fare nulla di criminale. Non che ci siano bambini o spaccio di droga "ha detto Katia." Se avessi voluto quel tipo di vita, sarei rimasta a casa ".

Con la coda dell'occhio, vide Samantha che la osservava con le sopracciglia inarcate.

Robson sembrava ferito, apparentemente angosciato dal fatto che Katia sospettasse le sue motivazioni.

"No, non è niente del genere," disse, scuotendo la testa accuratamente curata. «Te lo spiegherò. La nostra cliente è Virginia Williamson, ex moglie di Joseph Williamson.

Gli occhi di Katia si spalancarono per la sorpresa.

Joseph Williamson era stato il fondatore e CEO di uno dei più grandi appaltatori della difesa in Europa.

La sua spettacolare e improvvisa scomparsa durante una dimostrazione di un nuovo sistema antimissile, che doveva rendere Williamson un super milionario e rivoluzionare i sistemi difensivi del mondo, aveva riempito i titoli dei giornali per giorni.

'Le signore. Williamson è venuto a sentirci tramite un'amica e ha espresso interesse per i nostri servizi. " L'atteggiamento di Robson è cambiato quando ha iniziato a parlare di affari, e sembrava più il magnaccia di alta classe che era in realtà. 'Ha richiesto che le fornissimo due donne per una sessione BDSM. Tuttavia, non vuole sottomesse esperte ma donne "normali".

Samantha annuì lentamente per capire.

Quando Robson la guardò, scrollò le spalle e disse:

'Perchè no?'.

Katia esitò.

Il pensiero del dolore non la spaventava, ma era preoccupata che non sarebbe stata in grado di soddisfare questo cliente e quindi avrebbe rischiato di incorrere nell'ira di Robson.

"Perché hai scelto me?" Gli ha chiesto.

"In realtà, la signora Williamson era quella che hai scelto dal nostro catalogo di video", rispose Robson mentre i suoi occhi si socchiudevano per la mancanza di entusiasmo di Katia.

Katia si rese improvvisamente conto di essere stata la scelta principale della signora Williamson.

Annuì e sorrise al suo capo.

"Temevo di non riuscire a soddisfare i suoi gusti", ha spiegato, "ma se lei ha scelto me, sono felice di andare".

"Bene," disse Robson, sorridendo di nuovo e strofinandosi le mani come un commerciante che avesse appena concluso un affare su una vendita difficile. "E ricorda, sta pagando un prezzo più alto, per qualsiasi altra cosa accada che non sia un grave infortunio durante la seduta", ha detto, alzando un sopracciglio per sottolineare.

Entrambe le donne annuirono.

Katia non riusciva a pensare a nessuna risposta che non suonasse spaventata o presuntuosa, quindi fece solo un suono di accordo.

"Voi due sarete pronti per tornare a casa domani pomeriggio alle due." Robson ha detto.

Katia si rese conto che questo era l'addio e si alzò per andarsene.

Robson la salutò vagamente.

Quando si rese conto che Samantha non si era mossa per andarsene, esitò.

"Vai avanti Katia. Ho qualcos'altro da discutere con Samantha," disse Robson, invitandola a uscire dall'ufficio.

***

Katia ha lasciato l'edificio.

La sua mente era piena di pensieri ed emozioni contrastanti.

Non provava alcuna gratitudine nei confronti di Robson perché era stato il cliente a sceglierla e probabilmente le stava pagando un compenso incredibile.

Aveva lavorato abbastanza a lungo per sapere che le donne davvero attraenti e di classe che erano disposte ad accettare una punizione grave erano estremamente rare, quindi l'offerta di Robson era giusta.

Provava anche una certa apprensione, poiché non era mai stata picchiata o torturata prima.

Mentre si sedeva sul retro del taxi mentre tornava a casa, si pizzicò cautamente la coscia e cercò di immaginarsi sorridere e flirtare con la signora Williamson mentre tutto il suo corpo era pieno di dolore.

***

Seduta sul bordo del letto, Katia si guardò allo specchio e annuì.

Il premio è valso la pena ed era determinata a soddisfare questo insolito cliente, indipendentemente dal costo.

Dopo aver preso una decisione, Katia dormì profondamente quella notte, indisturbata da ulteriori dubbi.

CAPITOLO IV

Katia ha trascorso la mattina successiva al salone lavorando sul suo corpo, radendosi e tagliandosi i peli pubici e massaggiando la lozione sulla pelle fino a farla risplendere.

Dopo un pranzo leggero a base di insalata e un bicchiere di vino bianco, è stata prelevata da una limousine a noleggio.

Samantha era già in macchina ed era ugualmente in uno stato di pulizia impeccabile.

Indossava una gonna di lana nera che le scendeva appena sotto le ginocchia ma aveva uno spacco laterale fin quasi ai fianchi, un maglione a collo alto marrone scuro e stivali abbinati, e una giacca di pelle color crema oversize. .

Katia era contenta di aver scelto di indossare una giacca e una gonna color tortora con una camicetta di seta color crema.

Le loro apparenze contrastanti metterebbero solo in evidenza le differenze tra le due donne, dando alla cliente un po 'di varietà e scelta.

Katia è rimasta sorpresa nel vedere uno smartphone attaccato alla vita di Samantha.

Era una regola che mentre si trovava in agenzia nessuno portava il telefono.

L'Agenzia non ha fornito scorte per il "digiuno" nelle camere d'albergo e il divieto sugli smartphone è servito solo a sottolineare il fatto che le ragazze non dovrebbero mai affrettare un cliente o ignorarlo mentre conversano al telefono.

Samantha notò la sorpresa di Katia e sorrise.

«Ordini del capo. Vuole assicurarsi che tutto sia soddisfacente per la signora Williamson », disse, picchiettando sul telefono con un'unghia ben curata. 'Non preoccuparti. Lo spegnerò quando arriviamo.

L'auto si fermò davanti alla porta d'ingresso.

Il personale di sicurezza deve aver ricevuto il numero dell'auto e le fotografie degli occupanti attesi perché la porta è stata aperta prima che l'autista avesse la possibilità di raggiungere l'interfono.

Quando si sono fermati a casa, sia Katia che Samantha hanno aspettato che l'autista aprisse le porte prima di uscire con grazia dal veicolo.

La porta d'ingresso era aperta e dietro c'era un maggiordomo in abito scuro.

"La signora Williamson ti sta aspettando in soggiorno," disse mentre si avvicinavano. "Per favore, cammina qui."

Il maggiordomo non ha dato alcuna indicazione visibile di essere a conoscenza della loro occupazione o dello scopo della loro visita.

Katia era sicura di conoscere tutti i dettagli e avrebbe preferito che fossero entrati dall'ingresso di servizio.

Il maggiordomo bussò piano alla porta del soggiorno e annunciò:

"I suoi visitatori sono qui, signora."

Si fece da parte e fece entrare le due donne nella stanza.

«Chiudi la porta, Phillip. Non devi interromperci per nessun motivo, a meno che non ti chiami ", disse Virginia Williamson, alzandosi dalla sedia.

Ha aspettato che la porta si chiudesse e so che il maggiordomo era assente prima di parlare di nuovo.

Sorridendo, ha detto:

'Benvenuto. Non vedevo l'ora di vederli. '

"Devi essere Katia e tu, Samantha," continuò, annuendo a ciascuna di loro.

Katia e Samantha hanno sorriso e hanno risposto al saluto.

La signora Williamson non si mosse per stringere la mano, così entrambi aspettarono che il loro cliente indicasse come volevano procedere.

"Siediti e parliamo un momento" ha detto la loro hostess. "Oh, e per favore puoi chiamarmi Virginia."

Attese che le due ragazze si sedessero prima di continuare.

"Lascia che ti dia qualche informazione in modo che tu capisca cosa voglio da te."

Si fermò un momento per raccogliere i suoi pensieri.

«Ho sposato mio marito per i suoi soldi e lui lo sapeva. Non c'erano illusioni su entrambi i lati, ma per favore non pensare che fosse tutto tetro e mercenario. Andiamo molto d'accordo e siamo una buona squadra '.

Virginia sorrise.

'Devono chiedersi perché sto raccontando loro tutta questa storia prosaica. Beh, sono una donna carina e abbastanza intelligente da renderlo un compagno adatto. Tuttavia, ha scelto me in particolare per un altro motivo. Vedi, in camera da letto era un sadico. Gli piaceva ferire fisicamente i suoi amanti.

Udendo questa rivelazione, Katia e Samantha si guardarono rapidamente.

Vedendo questo, Virginia rise e la sua voce dolce e melodiosa sorprese le ragazze.

«No, cari, non sono diventata una povera fanciulla vittimizzata. Poco dopo esserci conosciuti, mi ha raccontato i suoi gusti in fatto di "intrattenimento". Sono stato io a offrirsi volontario per una vita molto confortevole. A differenza di una moglie maltrattata, ero sempre sinceramente allegra e amorevole in pubblico, ed ero sempre disponibile per divertirsi e giocare da lui quando era dell'umore giusto. Quando abbiamo scoperto che aveva un tumore inoperabile al cervello, era davvero scioccata e triste. Alla fine, ha detto che ero l'unica persona al mondo con cui aveva convissuto che non aveva provato a cambiarlo per quel motivo e, con mia sorpresa, mi ha lasciato tutto quello che aveva nel suo testamento. "Si morse il labbro, persa. , di nuovo, nei suoi pensieri.

All'improvviso Virginia si rianimò.

"Infatti", ha detto, "ieri sono state risolte tutte le questioni tecnico-legali e, in breve tempo, i fiduciari del tuo patrimonio stabiliranno per me un link speciale sulla intranet della Società. Una volta effettuato l'accesso con il mio nuovo utente all'indirizzo Il terminale mobile su questo tavolo, il controllo di tutti i conti bancari di mio marito, i diritti di brevetto e le azioni passeranno a mio favore.

Rise di nuovo.

'Mio marito adorava così tanto i suoi giocattoli. L'intera casa è configurata con una rete wireless a infrarossi. Portava questo terminale ovunque, anche in bagno.

Virginia Williamson si alzò e si voltò.

Il morbido tessuto bianco traslucido del suo vestito si muoveva come una nuvola presa da una folata di vento e le due ragazze videro che aveva un bel corpo ben tonificato.

«Si può dire che voi due siate un piccolo regalo per me per celebrare l'occasione. In realtà, un mio buon amico mi ha dato l'idea. Quando ho detto che non avevo augurato al mio defunto marito alcun rancore per avermi trattato come mi ha trattato, intendevo sul serio. Tuttavia, mi sembra che nel profondo, in un piccolo angolo della mia mente, ho sempre sentito che le altre donne ridevano di me e questo mi dava fastidio ". Ha guardato negli occhi di ciascuna delle ragazze." Mi dico di So che milioni di donne avrebbero fatto lo stesso se avessero avuto la mia possibilità, ma ho bisogno di vederlo di persona. "E indicando Samantha, le chiese per la prima volta:" Capisci cosa voglio? "

Samantha sorrise e scrollò le spalle.

'Sono qui per farti divertire. Se vuoi arrossarmi il sedere o schiaffeggiarmi, sono tutto tuo », disse, accarezzandole le natiche con la mano.

Virginia inarcò un elegante sopracciglio e poi si voltò verso Katia.

'E tu?'

Katia considerò l'atteggiamento di Samantha e pensò a ciò che aveva detto la donna.

Ricordava anche che Virginia non aveva voluto sottomessi esperti.

Fece un passo avanti e prese la mano di Virginia nella sua.

Portandolo alle labbra, baciò la punta delle dita della donna e poi le premette la mano sul lato del viso.

Lentamente, lui fece scorrere la mano lungo l'angolo della sua mascella e lungo la graziosa curva del suo collo finché non si appoggiò sulla curva superiore di uno dei suoi seni.

'Non so come suonino i sadici, ma conosco il mio corpo. So cosa fa stare bene e cosa fa male. Di solito le persone vogliono che dica loro cosa mi fa stare bene e dove mi piace che venga toccato il mio corpo. Ma ti mostrerò tutti i luoghi morbidi, teneri e sensibili che mi faranno gemere, piangere e urlare. Mi allungherò e mi aprirò in modo che tu possa raggiungere tutti i punti segreti e i luoghi umidi e delicati con le dita, le mani, i denti e le fruste. Ti bacerò e ti leccherò mentre mi ferisci. Ho un corpo bellissimo e sexy ed è tutto tuo con cui giocare come desideri '

Virginia guardò profondamente negli occhi di Katia e vide forza, determinazione e umorismo.

Strinse delicatamente il sodo globo carnoso sotto il palmo e annuì.

Abbassò la mano e tornò a sedersi.

«Fammi vedere nudo. Voi due. Togliti tutti i vestiti, poi vieni e mettiti di fronte a me.

Sia Katia che Samantha furono sollevate di sentire questa richiesta familiare.

Spogliarsi con grazia di fronte a uno sconosciuto è stata una delle prime cose che ogni escort ha imparato a fare.

Samantha si tolse lo smartphone dalla vita e lo porse a Katia mentre premeva il pulsante di spegnimento, spegnendo il LED luminoso sulla parte anteriore del dispositivo.

Fece l'occhiolino, sottolineando il rispetto delle regole dell'Agenzia, e poi appoggiò il telefono sul tavolo accanto al terminale del computer.

Samantha si tolse i vestiti e li gettò via come se fosse contenta di sbarazzarsene, esponendo il suo corpo abbronzato e tonico quasi allegramente.

Con passo sicuro e sicuro, si allontanò dai suoi vestiti, fermandosi a un braccio di distanza da Virginia.

Fece scorrere leggermente le mani lungo la parte anteriore del suo corpo dalla parte superiore dei suoi seni, sui suoi capezzoli appuntiti e sul piano ondulato del suo ventre piatto prima di posizionarli con arroganza sui suoi fianchi.

Katia era meno esibizionista.

In effetti, si ritrovava sempre un po 'imbarazzata quando si toglieva i vestiti davanti a un cliente.

Ripiegò con cura ogni capo e li mise da parte su una sedia, esponendo efficacemente il suo corpo, ma senza lo spettacolo del suo collega.

Tenendo i tacchi alti, si unì a Samantha di fronte a Virginia.

Virginia si sporse in avanti sul sedile e allungò una mano per toccare le cosce sode e lisce delle due ragazze.

La sensazione della sua carne calda sotto le sue dita sembrava portarla alla realtà della situazione e i suoi occhi si accesero di eccitazione.

La sua lingua incrociò le labbra mentre lasciava che tutte le sue fantasie vendicative e le immagini di umiliazioni passate, reali o immaginate per mano di donne della società sprezzante, riempissero la sua mente.

Fece scorrere le dita sulla pelle setosa delle sue cosce, fermandosi appena prima di toccare i suoi tumuli.

"Stiamo andando a fare un piccolo gioco", ha detto Virginia.

Raggiungendo sotto il tavolino vicino alla sua sedia, qualcosa di simile a un frustino dall'aspetto malvagio fatto di lucida pelle nera.

«Voglio che giochiate un po 'con voi due. Resta dove sei ora e allarga un po 'le gambe.

Attese che le due ragazze obbedissero, trascinandosi finché non furono come soldati che riposano in una parata.

"Ora usa le dita di una mano per separare le labbra e mostrami i tuoi clitoridi" ordinò Virginia.

Insieme, Samantha e Katia allungarono la mano e allargarono le labbra esterne con l'indice e il medio, facendo sembrare le labbra interne rosa pallido come un paio di farfalle carnose.

Tirandosi leggermente verso l'alto, sono riusciti a tirare indietro il cappuccio protettivo della pelle lontano dai suoi clitoridi.

"Va bene," disse Virginia. 'Ora voglio che entrambi giochino con i loro clitoridi. Non toccare in nessun altro luogo. Solo i suoi clitoridi.

Katia si portò una mano alla bocca per lubrificare la punta del dito.

Virginia scosse la testa e disse:

'Non. Non farlo Non usare alcun lubrificante. ' Agitò il frustino davanti ai fianchi. 'Questo è un concorso. Il vincitore ottiene il suo premio nel culo con questa frusta ", ha detto, sorridendo," e il perdente si farà scopare la figa ".

Le due ragazze iniziarono ad accarezzare i loro clitoridi con cautela, trasalendo quando le loro dita asciutte raschiarono la pelle secca e dolorosamente sensibile.

"A proposito," disse Virginia. 'Non ho deciso se quello che corre per primo o quello che arriva secondo sarà il vincitore. Forse lancia una moneta. Ma lascia che ti avverta, punirò chiunque cerchi di fingere un orgasmo o non provi davvero a venire ".

Samantha gemette per lo sgomento e chiuse gli occhi per la concentrazione, strofinando il dito in piccoli cerchi attorno al suo clitoride rigido.

Katia ha usato una tecnica diversa, tenendo la punta del dito in un punto appena sopra il clitoride e facendo vibrare il dito con piccoli movimenti da un lato all'altro.

Entrambe le ragazze hanno trovato molto difficile stimolarsi abbastanza da raggiungere l'orgasmo senza poter toccare il resto dei loro corpi.

Inoltre, la pressione di essere in una competizione lo ha reso ancora più difficile.

E nonostante l'avvertimento di Virginia, entrambe le ragazze non ebbero altra scelta che tentare di raggiungere l'orgasmo prima nella speranza di evitare la punizione più severa.

I muscoli delle gambe e dei glutei di Katia tremavano per lo sforzo di stare in piedi con i piedi divaricati mentre si lanciava in un orgasmo.

Voleva essere in grado di accarezzarle i seni ei capezzoli, scoprendo che il bisogno di concentrarsi solo sul suo clitoride stava effettivamente rendendo più difficile per lei venire.

L'attrito costante del suo dito secco stava iniziando a farle venire il mal di clitoride e Katia sapeva di essere in corsa non solo con Samantha ma con il suo stesso corpo.

Doveva raggiungere l'orgasmo prima che il suo tocco diventasse troppo irritante per lei fino all'orgasmo.

Focalizzò la sua attenzione sul piccolo bocciolo che le si allargava tra le dita, lasciando che i suoi sentimenti, di vergogna ed eccitazione nel mostrarsi a Virginia in questo modo osceno, si basassero sui suoi stimoli.

In effetti, sentì il suo clitoride formicolare mentre lo sguardo di Virginia passava sul suo inguine.

Ogni movimento del suo dito inviava una vibrante vibrazione attraverso il suo corpo, irradiandosi verso l'esterno dal suo clitoride super stimolato.

Ha corso attraverso le onde della sensazione e ha assorbito il dolore doloroso del suo clitoride, combinando piacere e dolore.

Virginia spostò la sua attenzione su Samantha, che stava ruotando in modo aggressivo il suo clitoride, ignorando il disagio e massaggiandosi sempre più forte.

Appoggiandosi sui fianchi, spingendo contro la sua mano e ansimando.

I suoi occhi si strinsero e la sua pelle iniziò a brillare per lo sforzo mentre si dirigeva verso l'orgasmo.

La donna guardò affascinata mentre le due ragazze si masturbavano tendendosi e gemendo mentre si avvicinavano al loro orgasmo quasi contemporaneamente.

Vide gli occhi di Samantha guardare Katia, e poi i suoi denti si mostrarono in un sorriso trionfante mentre i muscoli del suo ventre si contraevano e si contraevano nei piccoli movimenti convulsi che indicavano il suo orgasmo.

I fianchi di Samantha si mossero e si appiattirono come se stesse spingendo contro un amante invisibile e le sue cosce si chiusero, intrappolando la sua mano tra di loro.

Solo pochi secondi dopo, Katia ha urlato senza dire nulla mentre il suo dito vibrante l'ha finalmente portata all'orgasmo.

Barcollò quando l'intensa sensazione le fece indebolire le ginocchia, ma mantenne la sua postura generale e continuò a lavorare il suo clitoride, facendo sì che il suo orgasmo si trasformasse in una serie di mini-orgasmi.

Virginia poteva effettivamente vedere il clitoride di Katia pulsare e muoversi mentre andava e veniva.

L'apertura della vagina di Katia brillava di fluidi lattiginosi che minacciavano di fuoriuscire dal suo buco e gocciolare sul tappeto.

Consapevole che si stava effettivamente esibendo per l'intrattenimento del suo cliente, Katia mantenne la sua posizione e allargò la sua figa con cura in modo che Virginia potesse vedere i petali rigidi delle sue labbra interne e il colore rosso intenso della sua carne stimolata.

Si rabbrividì mentalmente al pensiero di essere sculacciata nella sua figa.

Virginia batté le mani.

'Signore, bravo! È stata un'ottima performance da parte vostra. Poi ha tirato fuori una moneta, che ha lanciato in aria. 'E il vincitore è: quello che è arrivato per ultimo! 'Ha detto questo piangendo drammaticamente.

Samantha grugnì disgustata, mentre Katia emise un piccolo sospiro di sollievo.

Agitando il suo frustino, Virginia ha detto:

'Va bene, distribuiamo i premi. Katia, prima tu. Tieni le gambe come stanno e accovacciati per ricevere i tuoi sei premi.

Katia obbediente si chinò e mise le mani sulle ginocchia, guardando con paura il frustino dall'aspetto sgradevole.

Il frustino e il suo supporto si spostarono dietro di lei e lei strinse i denti in attesa.

Nonostante la sua spaventosa concentrazione, l'oscillazione della frusta nell'aria ebbe appena il tempo di registrarsi nella sua mente prima di sentire la frusta colpire direttamente le sue natiche.

Un dolore bruciante e lancinante le riempì entrambe le guance delle natiche tese mentre si dondolava in avanti per l'impatto.

"Per favore, contali," disse Virginia, osservando il rapido aumento del colore che tagliava la pelle di Katia.

'Uno!' Katia rimase a bocca aperta.

SSSSS ... crack!

'Oh! Due'

Il terzo colpo colpì Katia proprio all'incrocio dove le sue cosce incontravano i glutei, e la punta della frusta tirò una piccola goccia di sangue, dipingendo un livido rosso scuro.

Katia urlò di dolore, le sue dita serrate sulle ginocchia mentre combatteva il suo desiderio istintivo di balzare in piedi e strofinarsi la carne ferita.

'Tre'.

La quarta e la quinta frustata seguirono in rapida successione, tracciando altre due linee diritte cremisi sul retro di Katia.

Virginia prese la mira e lanciò con forza la sua frusta per il sesto e ultimo colpo.

Questa volta, la frusta colpì direttamente una natica, ma la punta affondò in profondità nella fessura tra di loro, mordendo selvaggiamente il buco di Katia.

Il dolore e lo shock erano troppo grandi per Katia, che balzò in piedi e allargò entrambe le mani per proteggere la sua carne ferita.

Tuttavia, manteneva ancora abbastanza presenza mentale per gridare "Sei!" e così finirà il suo calvario.

Virginia fece scorrere la mano sulla pelle rosso fuoco di Katia, godendosi il calore e la sensazione delle rigide creste bordate di cremisi che aveva fatto apparire lì.

Katia premette il suo corpo contro il suo aguzzino, i suoi seni schiacciati contro la spalla di Virginia.

"Ha fatto molto male?" Chiese Virginia a bassa voce.

Katia scosse la testa, accarezzando il braccio della donna.

"Non importa", ha risposto, "fintanto che sono felice."

Voltando la testa per guardare il viso di Virginia, le rivolse un sorriso triste.

"Puoi picchiarmi ancora un po 'se vuoi" si offrì.

Virginia la baciò sulla guancia e ricambiò il sorriso.

«Per ora è abbastanza. Samantha sta aspettando di giocare con me.

Ha dato a Katia un abbraccio.

La sensazione e l'odore del bel corpo della bionda tra le sue braccia riempirono i suoi sensi e Virginia poté sentire le sue mutandine appiccicarsi nell'inguine.

CAPITOLO V

In piedi con le braccia incrociate sul seno, Samantha aveva visto Katia sculacciare con un piccolo sorriso sul viso, ma scomparve rapidamente quando le altre due donne la guardarono.

Puntò il naso verso il frustino in mano a Virginia e disse:

«Adesso tocca a me, immagino. Allora cosa vuoi che indossi? Alzare il culo come Katia non funzionerà se hai intenzione di sbattermi la figa. '

"Perché non suggerisci qualcosa?" Replicò Virginia, facendo tintinnare la frusta nel palmo della mano.

Samantha si guardò intorno in cerca di ispirazione.

Rendendosi conto che qualsiasi posizione che le richiedesse di mostrare equilibrio e concentrazione, pur avendo i suoi genitali sculacciati, era impossibile da mantenere, fece la sua scelta.

'Che ne dici di sdraiarmi su un fianco sul divano? Posso sollevare la gamba e allargarla in modo che tu abbia buone possibilità di sculacciarmi la figa. '

Adattò le sue parole all'azione, dimostrando la postura che aveva suggerito.

Con l'avambraccio agganciato dietro il ginocchio, era in grado di tenersi alla gamba con entrambe le braccia, il che l'avrebbe aiutata a mantenere le gambe aperte anche quando Virginia le faceva sesso.

"Sembra buono," disse Virginia, toccando sperimentalmente la fica di Samantha con la sua frusta.

La postura fornita dalla ragazza ha aperto la vulva del suo sesso a tal punto che Virginia poteva vedere il suo passaggio vaginale.

La vista della vagina aperta di Samantha diede un'idea a Virginia e si rivolse a Katia, che si stava ancora massaggiando accuratamente le natiche doloranti.

"Katia, voglio che tu faccia qualcosa per me mentre io intratto Samantha."

Katia annuì.

'Ovviamente'.

Virginia ha indicato con il suo frustino.

'Vedi quel vibratore nero lucido e argento laggiù? Voglio che te lo metta nella figa e lo accendi. Ruota lentamente la manopola, uno scatto alla volta. Voglio vedere fin dove vai quando ho finito con Samantha.

Perplessa, Katia ha detto "OK" e poi si è diretta verso il dispositivo indicato.

Quando lo raccolse, fu sorpreso di scoprire che era più pesante di quanto si aspettasse.

Le strisce lucide che correvano per tutta la lunghezza del cilindro del vibratore erano di metallo e fredde al tatto.

Si rese conto che il peso avrebbe reso più difficile tenerlo dentro il suo corpo a meno che non tenesse le gambe strette.

Scrollando le spalle, Katia posizionò la punta morbida e arrotondata all'apertura del suo sesso e ruotò delicatamente il vibratore da un lato all'altro, inserendolo.

È scivolato facilmente nella sua figa, che era ancora bagnata dalla sua sessione di masturbazione.

Dato che Virginia non stava guardando, non ha dimostrato di aver inserito il dispositivo, ma lo ha semplicemente fatto scorrere su per il corpo con un movimento fluido.

Quando la punta ha toccato la cervice, è stata visualizzata solo la manopola di controllo zigrinata.

La fredda sensazione del metallo nel profondo del suo corpo la fece rabbrividire.

Katia guardò Virginia, che era impegnata a giocare con le labbra di Samantha, picchiettando leggermente i petali bagnati delle sue labbra interne con la punta piatta di cuoio della sua frusta.

Katia guardò tra le sue gambe la lucida plastica nera che sporgeva dal suo corpo.

Le istruzioni di Virginia di ruotare la manopola un clic alla volta la rendevano cauta, sospettando che il motore del vibratore fosse più potente del normale.

Girò la manopola, sentendola scattare sotto le dita.

Con sua sorpresa, non c'era alcun ronzio o movimento percepibile.

Poi sentì la piccola sensazione di formicolio che le percorse la vagina, facendo contrarre i muscoli interni sull'oggetto intruso.

Ansimò leggermente, rendendosi conto che il "vibratore" non conteneva affatto un motore.

Il peso che aveva sentito era interamente dovuto a una grande batteria.

Le strisce di metallo all'esterno non erano solo ornamenti, ma in realtà erano contatti elettrici.

Provò a girare la manopola nell'altra direzione per disattivare la corrente di solletico, ma non si mosse.

L'interruttore è stato progettato per ruotare in una sola direzione, a meno che non sia stato rilasciato un fermo nascosto.

Con cautela, Katia girò di nuovo la manopola.

La corrente crebbe immediatamente di forza, e ora era abbastanza forte da sentire come se spilli e aghi la stessero colpendo nella sua figa.

Guardando il quadrante, i suoi occhi si spalancarono per lo shock.

C'erano un totale di dieci soste nel quadrante e, se il secondo dava queste sensazioni, i livelli più alti genererebbero un forte shock e potrebbero addirittura bruciare la carne nei punti di contatto.

Nessuna meraviglia che Virginia volesse vedere quanto lontano sarebbe arrivata Katia!

Ma era determinata a non deludere la donna, quindi girò di nuovo la manopola.

Come previsto, la sensazione di bruciore è aumentata in modo significativo in forza, ora si sente come piccole punture di formiche che continuavano all'infinito.

Sentì la sua fronte bagnarsi e un doloroso pulsare cominciò a diffondersi nel suo basso addome.

In quel momento, un forte colpo arrivò dall'altra parte della stanza.

Alzando la testa, Katia vide il corpo di Samantha sussultare mentre il raccolto colpiva la sua figa rasata.

Ha sentito Virginia dire:

«Lascio a te il numero di risultati. Dimmi solo quando ne hai avuto abbastanza.

Affondando le unghie nella coscia, Katia girò di nuovo la manopola.

Il dolore acuto gli fece gettare indietro la testa e serrare le dita di entrambe le mani sui muscoli delle natiche contuse.

Questo livello era il massimo che voleva prendere se voleva restare lì ad aspettare che Virginia finisse di sculacciare Samantha.

Virginia abbassò di nuovo la frusta con uno scatto del polso, colpendo Samantha su entrambe le sue labbra carnose.

Diversi segni rossi incrociati ora decoravano il tumulo di Samantha e le sue labbra interne avevano cominciato a gonfiarsi nel punto in cui erano state colpite dalla frusta.

Samantha aveva portato il ginocchio al viso e si era stretta la coscia al petto con cupa determinazione.

Guardò con gli occhi socchiusi mentre Virginia tirava indietro la frusta per un altro colpo.

La frusta balenò in un arco grigio sfocato prima di colpire la carne di Samantha.

Questa volta, Virginia aveva puntato la frusta in modo che solo la punta colpisse la sua vittima, atterrando proprio nella giuntura superiore delle sue labbra e spendendo tutte le sue forze su e intorno al clitoride di Samantha.

Samantha urlò di dolore, la sua gamba libera colpì il tessuto del divano come per scacciare il suo aguzzino.

Il dolore lancinante del raccolto che colpisce il suo clitoride sensibile era quasi insopportabile.

Virginia si inginocchiò accanto a Samantha e le chiese:

"Quanti di quelli pensi di poter gestire?"

Samantha scosse la testa, ancora ansimando per l'agonia che le riempiva l'inguine.

'Non lo so. Fa veramente male'

Maliziosamente, Virginia ha detto:

"Dammi un numero. Se è ragionevole e puoi stare fermo durante loro, smetterò di colpire la tua vagina."

Samantha sbatté le palpebre confusa mentre cercava di decidere il numero minimo di colpi al clitoride che Virginia avrebbe accettato e che avrebbe potuto prendere senza rompersi.

'Cinque?' disse speranzosa.

"Questo è un affare", ha detto Virginia. 'Sono d'accordo'.

La frusta tagliò l'aria e colpì di nuovo la piazza del sesso.

Samantha gemette e si dimenò sul divano. Sembrava che il suo clitoride fosse stato tagliato da un coltello.

Il secondo colpo cadde come un'esplosione di fuoco sul suo inguine.

La pelle intorno al clitoride stava diventando di un rosso intenso e il piccolo bozzolo sessuale si era gonfiato fino a quasi il doppio delle sue dimensioni normali.

Nonostante la sua determinazione, Samantha ha permesso alla sua gamba di cadere in un movimento istintivo per proteggere i suoi genitali feriti.

"È sbagliato," la rimproverò Virginia. "Vediamo quell'adorabile clitoride," disse, agitando la mano.

Con un gemito singhiozzante, Samantha ha sollevato la sua coscia, esponendo completamente la sua figa ancora una volta.

Quando Virginia fece oscillare la frusta e colpì il suo clitoride con uno swing di pratica, Samantha fu mortificata nel sentire una piccola goccia di urina fuoriuscire dalla sua uretra mentre si ritraeva dal colpo previsto.

Decidendo che Samantha meritava una ricompensa per la sua forza, Virginia mise la punta della frusta squadrata nell'apertura della vagina di Samantha.

"Tienimi questo caro," disse mentre spingeva l'asta della frusta nella sua fica aperta.

Lasciando che la frusta sporgesse dal corpo di Samantha come un pene anoressico, Virginia si rivolse a Katia.

Abbracciandoli, prese a coppa i seni tremanti della bionda tra i palmi, giocando i suoi capezzoli con i pollici.

"In che posizione ti trovi?" lei chiese.

"Quattro" sussurrò Katia. "Fa davvero male", ha aggiunto, inclinando la testa, "ma credo di essermi bagnato".

Quando si voltò a guardarla, c'era un'espressione confusa nei suoi occhi.

Virginia gli baciò la fronte bagnata.

Poi ha fatto scivolare la mano lungo la parte anteriore del corpo di Katia fino a quando la punta del dito indice ha toccato il clitoride della ragazza.

Premendo con forza sul materassino bagnato, Virginia sentì un piccolo formicolio al dito che era il residuo della corrente pungente che si stava spezzando nella figa di Katia.

Afferrando il clitoride pulsante con pollice e dito, premette le labbra contro l'orecchio di Katia.

«Voglio ferirti un po 'di più. Posso?

Katia fece un respiro profondo e si preparò, appoggiando le mani sui fianchi di Virginia come se si stesse preparando a ballare.

"Puoi" gli sussurrò di rimando.

Le labbra di Virginia si premettero contro le sue e si baciarono, le lingue si intrecciarono e si sondarono.

Allo stesso tempo, Virginia ha pizzicato con fermezza il clitoride della ragazza, le sue unghie mordono la carne delicata.

Sentì il suo respiro caldo mentre ansimava per il dolore, e il suo gemito vibrava nella sua bocca mentre continuava a spremere e torcere il morso squisitamente sensibile.

In quel momento, il terminale del computer sul tavolo vicino emise un segnale acustico.

'Ups, mi dispiace. Devo fermarmi un attimo. Denaro chiama », disse Virginia.

Quando superò Samantha, strappò la frusta dal suo involucro carnoso e diede alla ragazza spaventata un colpo malvagio al suo clitoride.

"Non voglio che ti annoi," disse ridendo allegramente.

Virginia si chinò per guardare lo schermo LCD e vide il messaggio che stava aspettando.

Il cursore lampeggiante sullo schermo ha evidenziato le parole "Immettere la password desiderata, che non deve essere inferiore a 15 cifre e può contenere lettere e numeri".

Ha digitato la sua password, che aveva scelto diversi giorni prima, e poi ha premuto il tasto "Invio".

Lo schermo si è spento momentaneamente e poi "Congratulazioni. La tua password è stata accettata. "

Virginia si voltò e batté le mani con gioia.

'Alla fine!' esclamò. "Tutto è già mio."

Tornando da Katia, diede alla ragazza un bacio sulla guancia.

Nella sua gioia, non si accorse che Samantha si alzava dal divano e fissava in direzione del computer.

All'improvviso, un LED verde si accese sulla parte anteriore dello smartphone che aveva posizionato sul tavolo e il viso di Samantha si contorse in un sorriso da lupo.

Spingendo via il frustino che Virginia aveva lasciato cadere a terra, si avvicinò alla giacca buttata.

Virginia stava prendendo di mira i capezzoli di Katia per dare loro un pizzico giocoso quando sentì Samantha schiarirsi la gola con un "Ahem!" teatrale.

Poi vide gli occhi di Katia spalancarsi per la sorpresa.

CAPITOLO VI

Voltandosi, Virginia rimase senza fiato alla vista di Samantha, che indossava la giacca avvolta intorno alle spalle come un mantello e teneva in mano una piccola pistola automatica nera.

'Ti piace?' Chiese Samantha, agitando la pistola. 'È un S&W Bodyguard 380 automatico e si adatta perfettamente alla tasca di una giacca senza creare un rigonfiamento antiestetico. E non puoi nemmeno vederlo! '. Samantha ha colpito la pistola con l'altra mano. "Mi dispiace di non poter tirare indietro il martello con un clic minaccioso, come fanno nei film, e ho già messo un proiettile nella camera quindi non ho nemmeno intenzione di tirarmi indietro, ma sono sicuro che le donne sanno cosa hanno. cosa fare », disse, indicando con la mano libera.

Virginia e Katia alzarono le mani, ancora scioccate dall'improvvisa svolta degli eventi.

'Confuso?' Ha detto Samantha. 'Dato che nessuno di voi è un esperto di kung fu, rischierò di prendermi un momento per spiegare. Vedi quello smartphone? In realtà è un ricevitore a infrarossi e un dispositivo di registrazione digitale che mi è stato dato dal consulente legale e amico del tuo caro defunto marito. Sorrise all'espressione scioccata di Virginia. 'Sì, lo stesso amico che ti ha dato l'idea di assumerci per il tuo divertimento e i tuoi giochi. Dal momento che è stato lui a redigere il contratto per l'installazione del sistema di rete wireless in questa casa, non ha avuto problemi a ottenere le specifiche del suo sistema di crittografia e ad avere un analizzatore adatto che assomiglia a un telefono.

Samantha si premette la mano contro la figa con un sibilo di dolore.

"Non oserai usare quella pistola qui," disse Virginia.

«Stai pensando al tuo fedele maggiordomo? Chiese Samantha beffarda. «Quando tuo marito ti ha lasciato tutto, la sua fedeltà è improvvisamente sprofondata. Guadagnerai la tua parte assicurandoti che nessuno degli altri membri dello staff sia presente per assistere a ciò che accade qui. ' Rise mentre le spalle di Virginia cedevano per la sconfitta. "Tra un attimo premerò il pulsante" trasmetti "sul telefono ei miei partner riceveranno la tua password crittografata e inizieranno a trasferire i tuoi ... voglio dire ... i nostri soldi per la loro nuova casa."

"Perché tutto questo teatro?" Ha chiesto Katia. "Fin dall'inizio avresti potuto puntare quella pistola contro Virginia e chiederle di darti la password."

Virginia annuì d'accordo.

"Mi dispiace, ma non ho potuto" disse Samantha scuotendo la testa. "Sappiamo tutto dell'allarme automatico che si attiva se viene inserita la password sbagliata o se viene utilizzata una parola specifica del codice di emergenza".

'Che succede ora?' Ha detto Katia.

Samantha scosse tristemente la testa.

«Ci sarà un terribile scandalo. Una ricca signora perversa assume una prostituta per giochi sessuali BDSM. La puttana si oppone a un trattamento violento ed estrae una pistola. Combattono e la ricca signora viene uccisa. Tuttavia, a causa del piccolo calibro della pistola, la ricca signora ferita riesce a strappare la pistola e sparare alla puttana nel cuore prima che lei stessa muoia. Samantha le toccò di nuovo il clitoride gonfio. "E penso che avrai l'insolito onore di farti sparare nella fica", ringhiò. «Allarga le gambe, Virginia. Voglio ottenere un bel colpo pulito '

"E se mi rifiuto?" Chiese Virginia, il suo viso impallidito.

Samantha scrollò le spalle con noncuranza.

'Ho molti proiettili. Non mi dispiace spararti prima alle ginocchia e alle spalle.

Lacrime di paura e impotenza scorrevano sul viso di Virginia mentre spingeva via lentamente i piedi.

"Ehi, Samantha ... posso chiederti un favore prima di spararmi?" Disse Katia, apparentemente rassegnata al suo destino.

'Di?'

"Potresti almeno togliermi questo dalla figa prima che accada?" Rispose Katia, indicando il dildo che era ancora incastrato nella sua figa.

Samantha rise.

"Sarebbe divertente se il tuo corpo trovasse quella cosa ancora dentro, ma ... OK, puoi tirarla fuori", disse magnanime.

Katia sapeva che avrebbe avuto solo una possibilità di sopravvivere.

Tuttavia, dipenderà dalla sua capacità di sopportare il dolore senza mostrare nulla sul suo viso.

Allungandosi tra le sue gambe, ha afferrato l'estremità del dildo con una mano e il quadrante di alimentazione con l'altra.

"Fammi spegnere prima questa dannata cosa" mormorò.

Digrignando i denti, Katia ruotò il quadrante su "10" con una brusca torsione del polso.

La corrente si è diffusa sulle pareti della sua fica bagnata, facendole piccole ustioni dentro mentre tirava fuori il dildo.

Katia combatté l'impulso di urlare, raccolse il dispositivo di tortura che perdeva e lo lanciò casualmente a Samantha, dicendo:

"Se vuoi, puoi averlo."

Sorpresa, Samantha schiaffeggiò l'oggetto volante.

Quando le sue dita toccarono i contatti metallici bagnati, emerse una brillante scintilla viola mandandogli un colpo bruciante attraverso la mano e il braccio.

Urlò per l'esplosione di energia elettrica che le attraversò il corpo.

Il potere era in realtà troppo basso per fare danni permanenti, ma la stordì per un secondo, abbastanza a lungo da permettere a Katia di balzare in avanti e afferrare la mano che reggeva l'arma.

Il dito di Samantha scattò sul grilletto e un proiettile da 0,390 mm passò oltre l'orecchio di Katia.

Anche se il proiettile non ha fatto danni, il colpo di cannone così vicino alla sua testa l'ha stordita.

Stordita, riuscì a impedire a Samantha di spararle di nuovo, ma non riuscì a prendere la pistola dal suo avversario.

Per diversi secondi le due ragazze lottarono, ma con un deciso giro delle braccia, Samantha riuscì a liberarsi.

Katia fissò il piccolo buco nero nella punta della pistola mentre si allineava con il suo occhio.

Ci fu un forte "crack" e Katia si guardò intorno confusa quando si rese conto di essere ancora viva.

Samantha crollò a terra, rivelando Virginia che reggeva la custodia del laptop in frantumi con entrambe le mani, avendo usato il dispositivo elettronico come un pipistrello molto efficace.

"Mio marito diceva sempre che i computer potevano essere molto dannosi per la salute" sussultò Virginia, lasciando cadere il computer ormai inutile sulla testa dell'incosciente Samantha.

CAPITOLO VII

La polizia è arrivata subito dopo la chiamata di Virginia, portando con sé Samantha e il maggiordomo traditore.

Dopo aver rilasciato le loro dichiarazioni, la polizia ha lasciato le due donne a riprendersi, su consiglio dei nuovi avvocati della Virginia.

Katia si lasciò cadere sul divano, un bicchiere di brandy in mano.

'Che succede?' Chiese Virginia, sedendosi accanto a lui.

«Be ', con il mio capo in prigione e la sua azienda chiusa, ero senza lavoro. Senza uno sponsor, dovrò lasciare il Regno Unito e tornare in Europa ", ha sospirato Katia.

Virginia studiò per un momento la bella bionda e poi sorrise.

«Il mio ex avvocato potrebbe essere stato un ladro, ma ha avuto una buona idea. Mi stavo davvero divertendo al punto che Samantha ha deciso di cambiare il copione della situazione. '

'Vuoi dire che mi assumeresti? 'chiese Katia speranzosa.

'Ho ancora molte frustrazioni da esibirmi e tu eri molto più divertente di Samantha. Allora, cosa ne pensate? 'Virginia ha risposto.

Katia è stata pensierosa per un momento, sentendo ancora il dolore nel profondo della sua figa.

Poi sorrise e iniziò a guardarsi intorno nella stanza.

"Dov'è finita quella frusta?"

"Allora resterai?" Ha chiesto Virginia.

"Ho sempre voluto essere una terapista" rispose Katia, agitando la frusta e sorridendo trionfante.

FINE

SESSO NEI TRASPORTI PUBBLICI (INTERRAZZIALE)

CAPITOLO 1

La città si stendeva su entrambe le sponde del fiume come una giungla di cemento, con i suoi grattacieli che si alzavano come dita nell'aria.

La vista offriva una scena pittoresca attraverso le grandi finestre dell'appartamento di Julieta López.

Per Julieta è stato l'inizio di un altro giorno come giornalista messicana di successo che lavora per il giornale Local News.

Si sentiva bene per il suo obiettivo nella vita di oggi.

Era piena di fiducia per ciò che il lavoro richiedeva fino a quel momento e si sentiva bene con se stessa perché quella mattina i sentimenti della notte ronzavano ancora attraverso le sue sensazioni.

La città aveva un bell'aspetto, pensò mentre sorseggiava un caffè fresco.

Poi le mani di Jimmy Clarkson si posarono sui suoi fianchi da dietro.

Poteva sentire il suo respiro sul suo collo mentre la baciava, separando i suoi capelli scuri da un lato.

"Penso di innamorarmi di te, mia mora messicana" sussurrò dolcemente.

Chiuse gli occhi, si rannicchiò in lui di nuovo, sentendo la sua presenza.

"Vorrei che fosse ancora domenica. Allora potrei averti tutto il giorno" rispose.

"Allora chiama e dì che sei malato. Dì loro che una malattia misteriosa e paralizzante ti ha colpito all'improvviso e che devi stare a letto tutto il giorno."

Julieta gemette la sua risposta.

"Mi piacerebbe farlo."

Gli prese la mano e gliela posò sul petto e Jimmy gli diede una lieve stretta, sentendo la rigidità del suo capezzolo sotto la camicia da notte di pizzo bianco.

"Ho adorato il modo in cui mi hai scopato la scorsa notte."

"Non lo faccio con tutte le donne che incontro."

"Hmm ... quindi dovrei considerarmi fortunato?"

"No. Sono io il fortunato."

Si voltò per guardarlo negli occhi marroni.

Lentamente si abbracciarono in un bacio appassionato.

"Condividi una doccia con me." Le disse, separando il loro bacio per un momento mentre faceva scorrere delicatamente le sue dita sottili sul suo viso leggermente scuro. "Vediamo cosa può succedere."

Il pensiero rese Jimmy ancora più duro di quanto fosse già accoppiato con il dolce profumo del sesso ancora sul suo corpo.

Gli venivano in mente le cose che voleva farle di nuovo e le cose che non aveva avuto la possibilità di farle.

Ruppe ancora una volta il bacio, mettendo le dita sulle sue labbra.

"Mi ami davvero, vero?" lei chiese.

"Volere non è una parola abbastanza forte per descrivere come mi sento in questo momento."

***

La maggior parte delle persone si spostava per la città in taxi o con i mezzi pubblici in questi giorni.

Il traffico era molto intenso e la città era ancora troppo povera per fornire mezzi di trasporto adeguati ai suoi cittadini.

Julieta ha avuto la fortuna di essere in grado di ottenere un abbonamento a una compagnia di taxi.

I treni e gli autobus erano nel migliore dei casi troppo affollati.

Molto spesso sono stati teatro di alcuni dei più orribili crimini sessuali anche in pieno giorno.

Il taxi l'ha lasciata fuori dall'ingresso principale dell'ufficio stampa situato in uno dei trenta edifici di Main Street.

Odiava la corsa in ascensore al quindicesimo piano, anche se i lavoratori ei visitatori dell'edificio sembravano innocui, c'era sempre la possibilità di essere violentati, il crimine più nuovo e ora più alla moda della città.

"Sai cosa. Do la colpa ai giapponesi." Commentò Bob Andrews, lanciando l'edizione del mattino sulla scrivania a Julieta. "La sua ossessione per le studentesse e il loro abuso sui mezzi pubblici a Tokyo. E per di più, registrano tutto".

"Bob, penso che sia tutto pronto." Ha risposto, sfogliando le pagine per trovare l'articolo a cui si riferiva la sua conversazione.

"Guarda ... non credo. Hai mai visto uno di quei video? Lo sguardo di puro terrore sui volti di quelle ragazze. Penso che sia abbastanza reale."

"Secondo quello che dici, sta succedendo qui?"

"Ho guardato video su Internet. Questo sta diventando sempre più grande. Come film snuff e gonzo. Situazioni di vita reale".

"Quindi pensi che le vittime sappiano chi sono quelle persone?"

"Be ', sembra di no. Totalmente strano. Ho persino dovuto mettere Billy Gaylor nel mirino."

"Gaylor? È ancora attivo?" Julieta ha chiesto con un sorriso sul suo volto. "Guardavo il suo programma a colazione, sul canale per adulti, prima di andare al liceo ogni mattina."

"Lo hai mai incontrato?"

"No. Ma non è che lo volessi."

"Allora questa è la tua occasione. Voglio che tu copra una storia che coinvolge il buon vecchio Billy."

Julieta si rese improvvisamente conto che le era stato assegnato un compito che non le sarebbe piaciuto.

Piegò con cura il giornale, lo appoggiò sulla scrivania e poi si sporse in avanti, permettendole di mostrare metà del suo décolleté attraverso la parte superiore che era aperta da alcuni bottoni della camicetta che indossava.

A Bob piaceva la vista.

Nonostante la sua posizione morale ben definita sul sesso e l'essere il padre di tre figlie adolescenti, la vista di un paio di tette ben curate ha attirato di nuovo la sua attenzione, specialmente dall'ancora giovane Julieta.

"Vuoi dire che mi manderesti a un colloquio con Billy Gaylor? Bob, non posso crederti."

"Ascolta Julieta, tu sei l'unica di cui posso fidarmi con questa storia. Sono disposto a smascherare questi pervertiti una volta per tutte. Mia figlia più piccola fa affidamento sul fatto di andare a scuola in autobus ogni giorno. È solo questione di tempo prima di qualcuno che sta percorrendo il tuo percorso. "

"Allora cosa ti fa pensare che io sia uno specialista in queste cose?"

"Sei abbastanza giovane e sexy per ottenere ciò di cui ho bisogno." Bob rispose, un sorriso malvagio cresceva sulle sue labbra. "Andiamo. Puoi farlo. Scambia interviste con noiose star del cinema e attori per questo. Hai detto che volevi una sfida. Ora, eccola."

Billy Gaylor ha iniziato la sua carriera come personaggio televisivo molti anni fa.

Era famoso per essere sceso nelle strade della città armato di una videocamera e incoraggiando le donne a spogliarsi per la telecamera e mostrare le tette e il culo.

Ma le sue vittime erano disponibili e hanno dato il loro consenso.

Le immagini sono state mostrate sulla televisione per adulti ad accesso pubblico e sono diventate molto popolari.

La crescita di Internet ha significato vedere alcuni cambiamenti e la sua popolarità ha iniziato a diminuire.

Ora guida la lotta morale contro coloro che commettono violazioni nei trasporti pubblici e mostra i suoi sforzi su siti web non regolamentati.

Molte persone come Julieta pensavano che fosse stato un nuovo approccio nell'industria del porno.

Billy Gaylor aveva fatto qualcosa di diverso.

CAPITOLO 2

Julieta è stata introdotta nel lusso dove Billy viveva nelle aree esterne della città.

Il giornale si prendeva cura dei suoi giornalisti, soprattutto se avevano un incarico importante.

La limousine si fermò davanti alla casa del milionario e poi la lasciò lì.

"Chiamaci quando vuoi essere prelevato." L'autista gliel'ha detto.

Guardò l'auto ritirarsi lungo la strada e attraverso i cancelli di sicurezza azionati elettronicamente e si chiese cosa lo aspettasse.

Un uomo come Billy che ha cambiato il suo morale dall'oggi al domani significava solo che poteva perdere finanziariamente.

Si considerava un artista a pieno titolo, ma che credeva nel profitto.

La casa era ampia, progettata nel design di una villa spagnola solo più grande.

Julieta decise di prendere l'ingresso della porta sul retro e trovò una porta che conduceva alla stanza sul retro e al giardino.

Le sue esplorazioni si interruppero quando si ritrovò a guardare due dobermann correre verso la porta.

Amava i cani, ma non quelli addestrati come viscidi guardiani.

Chiuse velocemente la porta e attese, sentendo le mascelle inevitabilmente abbaiare e ringhiare dalla sicurezza dall'altra parte.

"Bravi cani. Mi dispiace deludervi, ma oggi non ho voglia di pranzare con me."

Il guardiano, un uomo alto e robusto, si avvicinò per tenere i cani al guinzaglio.

"Lei dovrebbe essere l'ospite? Signorina ... Lopez?"

"Sì. Dalle notizie locali."

Ha mostrato il suo cartellino identificativo appuntato sulla giacca.

"Vedo che le guardie qui sono carine, arrabbiate e molto entusiaste."

"Fanno il loro lavoro, signorina. Ci sono molti intrusi qui."

"Beh, sono felice di essere un ospite."

Billy era impegnato con il suo telefono in piscina.

C'era un lato stimolante e deciso nella sua natura.

Possedeva azioni del canale televisivo ad accesso pubblico che aiutava a gestire e con le tendenze recenti che si allontanavano dal suo prodotto, gli affari stavano diventando più difficili.

Era anche sfacciato e sebbene la sua vita sia andata bene dopo il college nel settore dei media, c'erano ancora tratti di lui dalla sua educazione infantile per le strade con progetti nelle parti più povere della città.

Spense il cellulare, riattaccando qualcuno con cui non si sentiva obbligato a continuare la sua conversazione.

"Fottuti idioti! Sono circondato da loro!"

Guardò Julieta, come se fosse una donna attraente, e la esaminò dalla testa ai piedi.

Per lui lei era prima di tutto sesso sulle gambe e poi giornalista se la guardava in faccia.

Julieta sorrise e gli tese la mano per salutarlo.

Tuttavia, Billy non credeva nel relazionarsi con una donna così intimamente a meno che non fosse per soddisfare i suoi bisogni naturali di base.

Il fascino che ha usato per fare quello che ha fatto è stato addestrato e praticato al massimo vantaggio.

"Allora Bob ti ha mandato? Aspettavo un ragazzo. Quanto sei bravo nel tuo lavoro?"

"Sto bene. Perché me lo chiedi?" Julieta ha chiesto "È perché non pensi che le donne dovrebbero fare le cose che faccio io?"

"Va bene, lascia che la metta in questo modo ... se ti dicessi di spogliarti qui e ora, lo faresti?"

"Certamente no." Stava pigramente in difesa. "Perché dovrei?"

"Perché è quello in cui penso che tu sia bravo, bellissimo messicano."

"Tipico. Avrei dovuto aspettarmelo da te. Anzi, me lo aspettavo da te, cosa ne pensi?"

Billy rise a sue spese.

Quando non era affascinante era molto offensivo, anche se era per scherzo.

"Guarda, prendi una sedia e siediti. Stavo solo scherzando con te. È così che sono."

Ordinò bibite fresche di limonata che Julieta considerò accoglienti.

Faceva caldo dal sole di mezzogiorno ed era un po 'più vestita del necessario pensando che sarebbe stata in casa con l'aria condizionata.

La piscina stava diventando attraente col passare del tempo.

Billy ha spiegato il suo punto di vista sull'argomento dello stupro sui mezzi pubblici e, non sorprende, sembrava che stesse affrontando un'obiezione morale.

"Allora come pensi che il problema debba essere risolto?" Lei chiese. "Più polizia, trasporti pubblici migliori, siti web regolamentati? Come?"

"Tutte queste cose, naturalmente. Stanno bene."

"Ma non credi che sia tutto organizzato? Voglio dire che le vittime si lamentano, ma non indicano nessuno. Personalmente, credo che siano pagate in anticipo e sono d'accordo."

"Quindi pensi che sia tutto organizzato?" Billy rispose.

"Sì, si. Si lamentano perché è pubblicità. Vediamo la vittima al telegiornale e la sera dopo tutti possono pagare per avere tutto visto sui siti".

"Sì, va bene, capisco il tuo punto. Ma queste persone non sono pagate, credimi. A volte vengono violentate praticamente in pubblico con molti testimoni. Poi, devono passare attraverso l'umiliazione di tutto questo in ore ripetute. . Poi."

"Ma sono ... molti testimoni. Come se le persone fossero invitate a farne parte."

"Hai mai sentito le parole paura e intimidazione?"

"Non è possibile." Julieta rise all'idea.

"Bene, bene ... metterò in gioco la mia sicurezza personale. So chi c'è dietro. So come fanno a gestire tutto questo."

"Stai suggerendo ai circoli della criminalità organizzata Billy?"

"Sì, esattamente. Ma penso che tu debba essere una vittima per capirlo."

"Allora come faccio a diventare una vittima?" Julieta ha chiesto "Non uso né autobus né treni".

"Allora usali e diventa una possibile vittima. Coraggio. Guarda, farò un patto con te e la polizia. Fallo e ti dirò tutto quello che so."

Julieta pensava che il suggerimento fosse folle.

Ma poi ha pensato che avesse i suoi vantaggi.

Potrebbe essere lì quando è successo, ovviamente.

Era pericoloso, ma avrebbe aiutato a farla finita in un modo o nell'altro.

Dopotutto, ricorda la storia di come un'intera squadra che stava realizzando uno snuff movie fu scoperta da un giornalista che faceva la stessa cosa solo pochi anni fa in un'altra città.

Il rischio di perdere la vita era molto più basso in questo caso, ma durante il processo avrebbe dovuto essere violentata.

Quale donna sana lo farebbe?

* * *

Quel pomeriggio, Julieta ci pensò molto.

Lo stupro era qualcosa che temeva potesse accaderle, a meno che non sapesse cosa aspettarsi, forse.

Lo analizzò, passando scenari nella sua mente.

Lo stupro è stato innanzitutto un attacco a sorpresa.

La paura potrebbe essere un po 'attenuata se lo stavi aspettando.

Ora si è rivolto a Jimmy Clarkson e forse al suo aiuto.

CAPITOLO 3

Nel corso dei giorni, ha concordato con Bob di creare un'esclusiva nelle prossime settimane.

Era ora di prepararsi per l'intera faccenda.

Dopo aver raccolto il suo coraggio, ha finalmente chiamato Jimmy Clarkson, da casa, una notte.

"Ciao sono Jimmy che è ..."

Si fidava di quella voce e dell'uomo a cui apparteneva.

Il suono di lui la fece morire per stargli vicino e sentirlo accanto a lei.

Era passato del tempo da quando aveva fatto sesso e l'ultima volta era stata con lui.

"Ciao, sono Julieta ... ti ricordi di me?"

"Mi ricordo di te? Sì, è un eufemismo se ne ho mai sentito uno. Certo che mi ricordo di te, piccola, come potrei dimenticarti. Sei sempre nei miei pensieri, non riesco a tirarti fuori."

Sentirlo dire che la faceva sentire bene era così speciale.

"Spero che tu non lo dica solo dicendo" ha risposto.

"Onestamente, stavo aspettando che mi chiamassi. Ho ancora bisogno di te. E so che hai bisogno di me tanto quanto me. Quindi piccola ... quando ci incontreremo?"

"Beh, ho bisogno del tuo aiuto con qualcosa."

"Sai che ti aiuterò con qualsiasi cosa ... dì solo quello che ti serve."

Julieta rise delle cose che le passavano per la mente.

"Voglio che tu mi aiuti a venire."

Lo sentì ridere, ma non era proprio quello che voleva sentire.

La sua reazione è stata naturale da parte di qualcuno che pensava di amarti.

Chiedere qualcosa fuori dall'ordinario era insolito.

"Tesoro. Ti ho sentito bene?"

"Sì. Ma non importa. Dimentica quello che ho detto da quando sono stato stupido. Ero stupido."

"No. Non è stupido. Ascoltami ...."

"Jimmy era solo ..."

"Capisco quello che stai dicendo. Dimentichi quello che faccio per vivere. Sono uno psicologo, ricorda, e se questa è una delle tue fantasie, allora forse dovremmo capirlo."

"In realtà è più di una fantasia ... voglio essere violentata."

Ora si chiedeva come le fosse sembrato.

Cosa deve pensare di lei?

Ha rischiato di spiegare le ragioni che potevano mettere a repentaglio tutto ciò che lei stava progettando, che di per sé era ancora scandaloso.

"E se dicessi che sarei disposto a farlo? Julieta, hai capito quello che ti ho appena detto?"

"Sì, l'ho fatto. Mi violenteresti? Ma perché?"

La sua mente adesso era confusa.

Il suo consenso a farlo ora gli sembrava ridicolo.

Lo stupro volontario di Jimmy divenne improvvisamente spiacevole da vedere.

"Perché mi hai chiesto ... è qualcosa che vuoi ... giusto?"

"Sì, certo che mi dispiace Jimmy. Ci ho pensato in un altro modo, tutto qui."

"Il gioco di ruolo sessuale è quello che stai cercando? Se è così, immagino" ha chiesto.

"Non so spiegare i motivi. Voglio solo sapere com'è."

"Julieta ho capito."

CAPITOLO 4

Da qualche parte dall'altra parte della città, l'orologio della stazione della metropolitana segnava le 11:35.

Tre persone stavano scendendo le scale mobili vestite di trench di pelle nera in una fila ordinata.

Erano in ombra, ma una era inconfondibilmente una donna dai suoi capelli biondi sbiaditi e svasati.

Si fermarono sul binario della stazione vuota e aspettarono.

Lo stridio di un treno che si avvicinava poteva essere sentito all'interno del tunnel buio, diventando più forte man mano che si avvicinava.

I tre guardarono in direzione del treno mentre entrava nella stazione dall'oscurità.

Le sue ruote si fermano e le porte si aprono.

Il treno era quasi vuoto di passeggeri quando i tre salirono insieme.

Le porte si chiusero e il treno iniziò a rientrare barcollando nel tunnel buio.

Il più alto dei tre guardò attraverso lo scompartimento vedendo quattro persone sedute in modo uniforme.

Un ubriaco, addormentato nel suo torpore.

Due adolescenti, entrambi uomini, che si alzarono dai loro posti e si diressero verso la prossima carrozza adiacente.

L'ultima era una ragazza sulla ventina.

Cindy Parker sussultò quando i tre la guardarono direttamente.

Sapeva che c'era qualcosa di strano in loro e forse avrebbe dovuto seguire i due giovani che erano partiti in fretta.

Cercò di non rendersi conto che li aveva visti guardarla.

Forse erano solo tre persone innocue che volevano essere notate.

Uno di loro si mosse verso di lei.

Il suo cuore iniziò a battere forte, i suoi seni si sollevarono per l'abito scollato che indossava e si strinse il cappotto.

Era tempo di andare.

Senza ulteriori esitazioni, Cindy balzò in piedi e corse nello scompartimento adiacente.

Troppo tardi.

Fu vinto da uno dei tre che l'afferrò per la vita e le coprì la bocca con l'altra mano libera.

Urlare era inutile.

Il guanto di pelle nera le copriva la bocca strettamente e le dita le stringevano il naso in un modo che controllava il suo respiro.

Più combatteva, più pizzicava.

"Non ti faremo del male" le disse.

La sua voce era moderata e calma, come se fosse tutta routine, anche clinica.

Gli altri due si avvicinarono e il secondo uomo alto si fermò di fronte a lei.

Ha cercato di prenderlo a calci, ma la sua presa sulle sue gambe era così potente che tutto è diventato inutile.

Era ovvio per Cindy che questo sarebbe finito non appena fosse iniziato.

È stato vittima di stupro sui mezzi pubblici.

L'uomo davanti a lei le sorrise, il suo viso non era quello di qualcuno che poteva farlo, pensò.

Aprì il cappotto e si strappò il vestito da cima a fondo in modo che cadesse a pezzi esponendo la sua biancheria intima.

Gli occhi di Cindy guardarono di lato e vide la ragazza in piedi su uno dei sedili, una mini videocamera in mano focalizzata su ciò che stava accadendo.

Era una cosa malata, ma questa era stata la sua decisione.

Era stato avvertito che questo poteva accadere e lo ignorò.

Ha colto una possibilità.

L'hanno messa sul pavimento dello scompartimento e l'uomo alto ha spostato le mani sui suoi seni sodi prima di prendere un coltello e tagliare il reggiseno tra i suoi seni.

Il pizzo di cotone si aprì esponendo i suoi capezzoli.

I suoi capezzoli non erano allungati per l'eccitazione, ma per la paura.

Spostò il coltello fino alla cintura dei suoi collant e lo sollevò con un dito sulla sua pelle mentre tagliava, tagliando quel tanto che basta per rompere l'elastico e produrre uno strappo.

La ragazza ha continuato le riprese.

Si è costantemente concentrato sull'azione e poi si è concentrato sul viso di Cindy.

Mani che le toccano i capezzoli e poi il ciuffo di peli pubici scuri.

"Esatto, piccola ... ho bisogno di vedere molta paura in quei tuoi begli occhi grigi." Lei ha ordinato.

L'uomo che l'abbracciò rise e lasciò il suo viso.

"bastardi!" Gridò Cindy.

Le prese le gambe per gli stinchi e le sollevò verso di sé in modo che si contorcesse, le caviglie che fluttuavano sopra la sua testa su entrambi i lati.

"Non te la caverai liscia!"

"Scusa, ma penso che lo faremo comunque."

L'uomo alto ha risposto, aprendo i pantaloni e prendendo in mano il suo cazzo lungo e duro.

"Sappiamo chi sei. Sappiamo tutto di te."

"Che cazzo stai dicendo," rispose Cindy. "Non sai proprio niente."

In fretta, l'altra ragazza tirò fuori una fotografia dalla tasca e la agitò davanti al viso di Cindy.

La paura in lei si intensificò immediatamente quando vide l'immagine del piccolo Johnny, suo nipote.

Urlò forte, quasi pregando che tutto finisse quando il suo sesso fosse stato penetrato dall'uomo, per quella che sembrava un'eternità.

Ma lo stupro è finito in pochi minuti.

Si erano esibiti tra due stazioni e alla successiva erano scesi dal treno.

Ogni momento dell'atto catturato per la gioia dei voyeur quando è stato pubblicato online più tardi quel giorno.

CAPITOLO 5

"Cindy, perché non puoi dirci qualcosa?" Ha chiesto Julieta appoggiandosi alla vittima mentre era seduta in preda allo stordimento dopo ore di colloqui con la polizia che indossava ancora gli abiti da loro forniti dopo lo stupro al quartier generale della polizia cittadina. "Ti hanno minacciata davvero male? Cindy, puoi fidarti di me su questo. Non dirò niente."

"Sì lo farai." Cindy si voltò per guardare Julieta direttamente in faccia. "Sei un giornalista."

"No. Ti do la mia parola su questo. Ho solo bisogno di sapere per la mia indagine. Fidati di me."

"Penso che tu abbia già fatto abbastanza domande." Un robusto poliziotto è intervenuto.

Julieta sorrise e accettò che quello era tutto ciò che avrebbe ottenuto questa volta.

Li ringraziò entrambi per il loro tempo e abbracciò Cindy prima di andarsene.

"Se hai bisogno di parlare, contattami. In qualsiasi momento."

* * *

La mattina si sarebbe rivelata un'altra giornata molto calda e appiccicosa mentre il sole iniziava a sorgere alto nel cielo tra gli edifici più alti.

Julieta ha lasciato il quartier generale della polizia e si è recata in una strada trafficata dove si trovava un taxi.

Ora era determinata a ottenere lo scoop su questo argomento e la sua decisione era stata presa.

Niente gli sarebbe stato di ostacolo.

* * *

"Voglio solo essere sicuro che saremo i primi a risolvere questa storia." Bob ha spiegato appassionatamente. "È quello che ci serve. Adesso lo vedo. Sulla prima pagina ..."

"Bob, ti rendi conto di quanto sia pericoloso per me?" Julieta lo interruppe.

Era in piedi contro uno schedario nel suo ufficio, con le braccia incrociate e già con un'espressione stressata.

"Sì, sono determinato e sì, lo consegnerò entro il tempo che ti ho detto. Ma ho bisogno dell'aiuto della polizia."

"Ok, ci sto ancora provando. Stanno facendo del loro meglio in questo momento. Ho spiegato qual è il nostro piano e so che Billy Gaylor ha fatto lo stesso ..."

"Ma?"

"Ma non pensano che dovremmo partecipare. Non ancora. Inoltre, non mi hai mai detto qual è veramente il tuo piano."

"Billy conosce il mio piano. Mi ha suggerito quasi tutto." Trovò una scatola di cioccolatini aperta nell'armadietto e decise di servirsi da solo per uno di loro. "Bob ... pensavo fossi a dieta"

Sorrise di rimando sapendo benissimo che una dieta è qualcosa a cui si poteva solo pensare piuttosto che eseguire.

CAPITOLO 6

Quella notte nell'appartamento di Julieta, Jimmy fu invitato ancora una volta.

Aveva preparato la cena e si era sforzata di renderla il più romantica possibile.

Vino, lume di candela e musica soft.

E non sorprende che Jimmy fosse molto felice di essere di nuovo in sua compagnia.

Avevano degli affari in sospeso con cui continuare e ora c'era qualcos'altro da discutere che sembrava più importante per Julieta.

Si sedettero dall'altra parte del tavolo e Jimmy si rese conto che stava giocando con il suo cibo più di quanto stesse mangiando.

"Ti dà fastidio, vero? Questa cosa tua?" Chiedo.

Lo guardò, gli prese la mano e sorrise.

"Penso di poter vedere dove vuoi andare ... almeno credo di poterlo fare. Più che una fantasia." Lo ascoltò, sapendo che non poteva dirgli troppo. "Mi importa di te."

"Lo so che lo fai. E ..."

"No Julieta. Penso molto a te. Farò quello che chiedi, ovviamente, ma questo è più di un semplice gioco di ruolo, più che un semplice divertimento tra te e me. Perché hai bisogno che l'esperienza sia così reale? Perché dovrebbe essere come dici tu che dovrebbe essere? È come se stessi praticando qualcosa ... no, no ... È come se stessi aspettando qualcosa. "

"Hai accettato di aiutarmi, Jimmy."

Gli fece scorrere le dita sul viso.

Nelle sue mani era come un formaggio a pasta molle.

Non c'era niente al mondo che non avrebbe fatto per lei.

"Ok. Ti sorprenderò. Ti aspetti che accada, ma quando e dove non lo saprai. Farò esattamente quello che mi hai chiesto di fare. Ma in questo momento ho bisogno di te in modo diverso."

Le loro labbra si incontrarono in un bacio appassionato.

Aveva portato Jimmy nella sua stanza e si sono seduti abbracciati per un dolce momento insieme.

Quel momento divenne presto sempre più eccitabile, poiché sentivano le loro emozioni correre selvagge attraverso le loro sensazioni.

Poteva quasi assaporarla di nuovo.

Lo sentiva dentro di sé, dandole piacere.

Senza dirsi una parola, iniziarono a togliersi i vestiti.

Spogliandosi davanti a se stessi, godendosi l'un l'altro mentre lo facevano.

Julieta si sdraiò sul letto mentre Jimmy si muoveva su di lei, tenendola stretta mentre si guardavano negli occhi.

Si leccano delicatamente le labbra e la bocca, trasformandosi di nuovo in baci appassionati.

Profondo e significativo.

Era già duro e lei era bagnata, il loro desiderio l'uno per l'altro sembrava essere l'unica cosa che contava ora.

Gli affari incompiuti potrebbero continuare di nuovo dall'ultima volta.

C'erano così tante cose che voleva mostrarle e così tanto che lei era disposta a imparare da lui.

Jimmy tenne la sua virilità tra due dita, permettendo a Julieta di baciare delicatamente la punta, poi baciandolo dopo bacio mentre le accarezzava i capelli.

Gli prese le palle con una mano, impastandole sensibilmente facendo alzare il suo membro più in alto così lui le tolse le mani in modo che potesse prendere il controllo.

Una volta che lo ebbe, iniziò a succhiare lentamente, sentendo i suoi gemiti mentre continuava a succhiare.

"Sì ... Voglio che non ti fermi finché non mi fai venire in bocca, Julieta. Come l'ultima volta meravigliosa."

E questo lo ricordava ancora, e questa volta avrebbe saputo aspettare ancora un po 'per godersi più tempo della sua lingua e delle sue labbra sul suo membro grosso e duro.

Più velocemente e più in profondità ora, adattandosi alla sua lunghezza e circonferenza, lei lo stava pompando incessantemente facendolo sentire come se il suo orgasmo stesse raggiungendo il suo culmine.

Il brivido di ogni muscolo del suo corpo le disse cosa stava per accadere.

E come un vulcano in eruzione, iniziò a espellere il suo latte caldo in gola, scaricando colpo dopo colpo del suo caldo sperma cremoso.

Sapeva già che il suo sapore era dolce e salato allo stesso tempo.

All'inizio pensava che fosse un po 'sgradevole, ma si è abituata dopo averlo ingoiato diverse volte.

Divorava ogni goccia che gettava in gola e leccava ciò che era rimasto sulle sue labbra senza lasciare una goccia, ma lasciandone un po 'sulla lingua.

Lo guardò e lasciò che la sua lingua incontrasse la sua in modo che potessero scambiarsi i resti di latte tra loro.

Spesso gli piaceva assaporare se stesso mentre faceva l'amore e condivideva con lei baci aromatizzati allo sperma mentre le sue dita le tiravano i capezzoli, tormentandola, rendendola ancora più bagnata di quanto non fosse già.

Ora che era completamente bagnata, Jimmy la sistemò sul letto e allargò le cosce, ma in una posizione comoda.

Le sue labbra della fica brillavano di umidità quando le allargava con le dita.

Il suo profumo gli riempì le narici più dolce di quanto immaginasse.

Lentamente, le leccò la lingua intorno alle labbra esterne, sentendola ansimare e gemere, e poi una ad una le succhiò le labbra interne nella bocca, assaporandole.

Per Jimmy, Julieta era la più dolce che avesse mai assaggiato.

Sembrava essere un conoscitore di molte donne nella sua vita, e ora ne aveva trovata una di cui cominciava a innamorarsi.

Quelle sue morbide labbra rosa erano uniche per lui, né troppo grandi né troppo piccole.

Pensò a se stesso alla quasi perfezione nella natura del suo fiore femminile.

Le sue dita aprirono le sue labbra mentre faceva scorrere la lingua sulla sua vagina, ampia e invitante e poi intorno al suo clitoride incappucciato, giocando con lei fino a quando lei gridò sempre di più.

Fece scivolare un dito e poi un altro dentro di lei, spingendo delicatamente il suo punto più sensibile fino a quando lei gli si concesse con un piccolo getto di latte caldo e chiaro.

Julieta voleva che la loro relazione funzionasse.

Ora sapeva che Jimmy era l'uomo per lei.

Era gentile e gentile, bello e molto intelligente.

Insieme hanno creato la sinfonia corretta.

Ma era preoccupata per lui e per l'accordo che avevano preso.

***

Ha preso un sorso dalla sua tazza di caffè per la colazione molto tempo dopo che lui era andato la mattina.

Julieta avrebbe avuto la giornata tutta per sé e avrebbe fatto quello che voleva.

Né le importava che lui la stesse aspettando da qualche parte, aggirandosi e aspettando di saltare.

Jimmy era agile e poteva fare quello che voleva una volta che avesse deciso.

***

Lui, dall'alto dove si trovava il condominio, guardava il paesaggio urbano e il fiume che divideva in due la metropoli.

A braccia conserte in una spezia di profonda meditazione, si rese conto improvvisamente di una cosa: Julieta voleva esporsi per stupratori di persone che andavano sui mezzi pubblici, doveva essere quello.

E quel pensiero lo fece arrabbiare al pensiero che il suo lavoro gli avesse permesso di farlo e mettere la sua vita in un tale pericolo.

E 'stato deciso.

Stava per entrare mentre lei faceva la doccia, per portare a termine l'accordo che avevano fatto.

Non potevo più aspettare.

Jimmy corse giù per le scale fino al suo appartamento.

Una volta lì, si fermò davanti alla porta e aspettò un po ', riprendendo fiato prima di suonare ripetutamente il campanello.

***

Julieta era in piedi davanti a lui in camicia da notte

"Jimmy? Cosa c'è che non va in te?"

La guardò senza dire niente.

I suoi occhi sembrano penetrare direttamente in lei come quelli di un uomo selvaggio.

Ma poi si rese conto di quello che stava facendo e ne vide subito il lato divertente.

"Jimmy, è troppo presto." lei rise. "E dovresti irrompere ... se è così che hai pianificato."

La mente di Jimmy era selvaggia.

Perché non farlo adesso?

Guardala, pensò.

Non lo stava accettando.

Le vittime lo accettano facilmente?

Non.

Ma ora non era lì per portare a termine il suo piano, era lì per confrontarsi con lei sul motivo per cui voleva che lo facesse.

E per cosa.

La sua mente era confusa e piena di dubbi.

Dio era così bella.

Perché non violentarla?

Prendila con la forza mentre era vulnerabile.

All'improvviso la spinse dentro e chiuse la porta dietro di loro.

"Jimmy! No, aspetta un attimo."

Non c'era più attesa o parlarne.

Questo era ciò che lei chiedeva e perché lui non poteva prendersi queste libertà come la maggior parte?

La sua mente era invasa da domande a cui non poteva rispondere da solo.

La spinse di nuovo, più forte questa volta finché non cadde all'indietro sul divano.

Con uno scatto le strappò completamente la camicia da notte.

"Jimmy per favore ... aspetta. Non credo che questo ..."

Julieta era nuda e allargava le braccia in difesa.

Lo pregò di smetterla, ma Jimmy l'afferrò e la fece voltare in modo che le avesse i capelli avvolti nella mano.

Ogni volta che lei lottava per liberarsi, lui la stringeva più dolorosamente.

"È questo quello che volevi? È vero? È?"

Urlò, tirando indietro la testa.

"No, aspetta ... per favore Jimmy."

Le lacrime iniziarono a scorrere nei suoi occhi per la tortura che le stava dando.

Jimmy le fece scorrere la mano sulle natiche, facendo scivolare il dito nel suo sesso e sentendo l'umidità all'apertura.

Ha preso una decisione e ha fatto scivolare il suo cazzo duro dentro di lei.

Non l'aveva mai sentito così prima, né poteva immaginare che potesse essere così scortese.

"Prendilo cagna!"

Ogni spinta è stata consegnata con una violazione, mentre ripeteva le sue parole più e più volte.

Julieta ha cominciato a rinunciare a resistere dopo un po '.

Aveva chiesto che accadesse e in qualche modo era quello che stava facendo.

Voleva sentire com'era essere violentata nel modo più brutale possibile e ora lo sapeva.

Dopo averlo sentito entrare in lei, Jimmy si rese conto di quello che aveva fatto.

Un'ondata di rimpianto lo travolse mentre faceva un passo indietro e cadde in ginocchio piangendo.

E per Julieta era ancora finita e anche lei piangeva di sollievo e di colpa.

Dopo un po ', si mise a sedere e lo prese tra le braccia per confortarlo.

"Va bene ... ho capito ... non stare male ... non stare male ..."

CAPITULO 7

Jimmy si mise a sedere e prese un sorso dal suo bicchiere di brandy, sentendosi ancora molto male dentro.

Julieta era accucciata sulla sedia rivivendo le sensazioni di quella mattina.

"Ho pensato che sarebbe stato divertente." Egli ha detto. "Mi sbagliavo."

"Non c'è divertimento in quel genere di cose. Hai fatto quello che volevo", gli disse.

"Come puoi permetterti di farlo?"

"È qualcosa che devo fare. È il tipo di persona che sono. È come una vendetta per tutte le donne che sono state violentate in questa città."

Ha spiegato tutte le emozioni che lo hanno colpito in testa quella mattina.

Di come è impazzito di una rabbia così furiosa e confusa da rendere possibile tutto ciò che aveva fatto.

"Se qualcuno ti voleva avere così, dovevo essere io."

Julieta lo guardò e in qualche modo decifrò ciò che aveva detto e capito chiaramente.

Stava combattendo per ciò che sapeva essere suo e nessun altro aveva il diritto di averlo.

"Jimmy .... ti amo"

CAPITOLO 8

Gabrielle si è seduta sullo sgabello e ha rivisto a se stessa il nastro della telecamera.

Le sue gambe si spalancarono mentre si sedeva, permettendo a Gary di sbirciare dalla gonna lo spettacolo senza mutandine davanti a lui mentre si muoveva davanti a lei.

Gli accarezzò i capelli biondi mentre rideva alla ripetizione del nastro e poi lo guardò.

"Questo è così fottutamente buono" gli disse.

"Il meglio che abbiamo fatto finora. Molto stress emotivo." Gary ha risposto.

"Peccato che non possiamo andare oltre. Mi piacerebbe passare al livello successivo."

"Assolutamente no. Non è questo il nostro modo. Dobbiamo rispettare la vita."

"Chi lo dice? Potremmo fare quello che vogliamo."

La figura alta di Danny entrò nella stanza.

Aveva sentito la conversazione e aveva deciso di entrare per afferrare Gary per la sua coda di cavallo e tenergli un coltello alla gola.

"Vai avanti. Registra questo!"

"Non!" Gary fu immediatamente sconvolto dalla paura.

Gabrielle si mise a sedere e se la prese comoda, sorridendo a Danny.

"Andiamo! Vedi se mi interessa."

"Gabrielle, dannazione!" Gridò Gary.

Danny portò la lama ancora più vicino alla sua pelle, tagliandola in modo che sanguinasse da un piccolo graffio.

"Oh merda! ... no per favore Danny ... cazzo, non farlo!"

"Non si parla più di omicidio, è chiaro? Entrambi?" Danny ha sputato fuori la sua rabbia. "Lo facciamo per soldi e nel tuo caso puttana ... per piacere."

***

Gabrielle era crudele in se stessa.

Era molto malvagia nei suoi desideri più profondi.

Aveva una bellezza sinistra con la quale poteva attirare uomini e donne nelle sue grinfie, e il risultato finale sarebbe stato niente di meno che dolore e sofferenza per le sue vittime.

Gary era un debole.

Se la situazione diventava troppo calda, era un codardo naturale.

Senza Danny e Gabrielle sarebbe stato inutile per la causa in cui erano coinvolti.

Danny tuttavia era un leader.

Era motivato solo dal denaro, quindi avrebbe fatto qualsiasi cosa.

Ed era fedele a coloro che lo pagavano profumatamente.

Rimise il coltello nello stivale e gettò Gary a terra.

"Ricorda chi gestisce questa attività. Non rovinare tutto."

Gabrielle fissò il suo capo con i suoi penetranti occhi azzurri, un sorriso ancora sulle labbra, mentre Gary giaceva a terra tenendosi la gola con entrambe le mani per fermare l'emorragia che era solo superficiale.

"Allora quando sapremo quanto vale tutto questo?" lei chiese.

"Presto. Ti ho già parlato dell'accordo che abbiamo. Devi fidarti di me, anche se so che non lo fai."

"Ci vuole troppo tempo." Lei rispose. "Ho bisogno del richiamo della ricompensa."

"Sarai giustamente ricompensato, mio grazioso angelo." Disse Danny sorridendo.

"Sto sanguinando! Sto per morire! Qualcuno mi aiuti qui!" Gary urlò di autocommiserazione.

CAPITOLO 9

Billy Gaylor aveva una visita a casa sua.

Il detective James Stevens era di lato sopra gli altri due agenti di polizia in borghese che erano venuti alla compagnia.

Stevens stava ormai diventando un ospite quasi familiare con le sue visite regolari a Gaylor.

I tre erano nella piscina di Stevens vicino al loro ospite, che giaceva a prendere il sole su un lettino.

Stevens gli parlò quasi a bassa voce.

"Hai intenzione di fermare tutto questo, vero?" chiese.

"Non so di cosa cazzo stai parlando."

"Penso di sì. Ho sentito dei bisbigli. Potrebbe metterti a disagio. Non puoi farla franca con questo stupido gioco. Conosci la situazione."

"Stevens, ne ho abbastanza. Voi ragazzi non otterrete di più da me."

Si mise a sedere e quasi naso a naso parlò a Stevens.

"Dopo che ti ho pagato cinquantamila dollari, hai promesso che questi stupri sarebbero cessati. Non posso più fidarmi di te."

"Ci stiamo provando. Sai com'è. È una città frenetica. Altri cinquanta e forse potremmo impegnarci di più."

"Vaffanculo Stevens! Conosco il tuo gioco."

"Non hai prove. Come ho detto, posso rivoltarti contro di te ogni volta che voglio." Stevens sorrise. "Andiamo Billy, ammettiamolo, hai finito."

"Merda! Non cadrò così facilmente."

I due compagni di Stevens potevano solo sentire deboli sussurri, ma erano profondamente coinvolti nei piani di Stevens.

Li ha chiamati.

"Va bene, mostra al nostro amico Mr. Gaylor cosa possiamo fare."

Entrambi presero Gaylor, uno per braccio, e lo sollevarono dalla chaise longue ai suoi piedi.

Ha cercato di liberarsi, ma è stato immediatamente gettato con la testa nella piscina.

"Non te la farai franca, cazzo!" Gaylor è venuto in superficie urlando contro di loro.

Stevens ha puntato una pistola in mano contro la guardia del corpo personale di Gaylor che stava scappando di casa per aiutare il suo datore di lavoro, fermandolo per la sua strada.

I tre risero sentendosi chiaramente orgogliosi e soddisfatti di quello che avevano fatto al milionario per se stessi.

"Cinquantamila questa volta domani, Billy. Non dimenticare i nostri accordi."

CAPITOLO 10

Julieta ha perquisito i sobborghi occidentali densamente popolati tutto il giorno finché non ha trovato chi stava cercando.

La casa di Cindy Parker era nel bel mezzo di uno sviluppo fatiscente.

Era difficile immaginare la quantità di povertà che esisteva tra i cittadini disoccupati fino a quando non ti ha colpito in faccia.

Veicoli abbandonati bruciati rubati da rapinatori e ladri di automobili che hanno visto l'opportunità di ottenere un po 'di soldi e rifiuti non raccolti scaricati all'interno di lotti vuoti tra le case fabbricate.

La prostituzione era un mezzo di esistenza per alcune delle giovani donne e non era controllata dalle autorità.

È stato sorpreso di apprendere del gran numero di adolescenti in età scolare che speravano di fare affari per strada.

Cindy però non era quel tipo di ragazza.

Ha vissuto con sua madre e durante il giorno ha studiato al community college per continuare la sua educazione.

* * *

Quando Julieta la raggiunse sul viale, Cindy fece del suo meglio per evitarla, ma Julieta fu persuasiva.

"Cindy, ho bisogno di parlarti."

"Guarda, sono troppo occupato per questo. È tutto finito adesso."

Cindy ha cercato di allontanarsi da lei, correndo verso casa sua.

Julieta la seguì fuori sulla veranda e, comportandosi rispettosamente, Cindy non riuscì a respingerla.

"Ok, è meglio che entri."

Una volta dentro, Julieta si rende conto di come alcune di queste persone abbiano lottato per costruire un rifugio di conforto da ciò che stava accadendo intorno a loro.

Julieta conosceva lo stile delle case, essendo cresciuta da bambina in una zona simile della città, ma non povera come quella in cui si trovava.

Era difficile aspettarsi che Cindy rivelasse perché non voleva identificare i suoi stupratori.

Julieta ha quindi spiegato il suo piano per catturarli lei stessa.

"Sei pazzo?" Chiese Cindy.

"Forse lo sono. Ma dobbiamo fermarli."

Cindy ha scattato una foto a suo nipote che giocava per strada.

La stessa fotografia che gli stupratori gli hanno dato la notte in cui è diventato la loro vittima.

"Ti faranno male se dico qualcosa."

Ha continuato a contemplare la fotografia e ha ricordato tutto quello che era successo.

"Vuoi dire che sapevano chi eri?"

"Devono averlo saputo."

A quel punto, Julieta ha scoperto che gli stupri sui mezzi pubblici non erano casuali ma pianificati.

Billy Gaylor aveva ragione dopotutto, questi crimini sessuali continuavano a verificarsi perché c'erano elementi di paura coinvolti in essi.

"Quindi, a meno che non scelgano te, non sarai una vittima?"

Ciò ora renderebbe loro impossibile scegliere se stessi.

Ma Gaylor ha detto che voleva che lei lo facesse in quel modo.

Gaylor deve aver organizzato qualcosa che la coinvolge per diventare una vittima.

Ha ringraziato Cindy per il suo aiuto e ha subito chiamato un taxi per portarla a fare immediatamente visita a Billy Gaylor.

***

"So che mi hai messo sotto i riflettori degli stupratori." Julieta scattò.

Gaylor accese il suo sigaro cubano e rimosse il fiammifero gettandolo in un posacenere con abilità esperta.

"E immagino che qualcuno mi stia guardando proprio ora, giorno e notte."

"E quello?"

"Da quello che ho capito, potresti fermare tutto questo senza che io mi faccia coinvolgere. Perché non lo fai?"

"Vacci piano. È complicato." Gaylor ha risposto.

"Voglio una spiegazione Billy"

"In qualche modo te lo meriti. Fin dall'inizio ho detto a Bob che era un'idea folle."

"Bob?"

"Sei di gran lunga troppo intelligente, Julieta. Deve pensare che sei una specie di stupida giornalista bionda. Certo, sapeva che ci sarebbe stata la possibilità che tu scoprissi certe cose. Penso che Bob fosse molto disperato quando ci ha pensato. Ci stava provando. qualsiasi cosa per salvare il tuo prezioso giornale. Una storia come questa potrebbe essere proprio ciò di cui hai bisogno per conquistare la fiducia dei tuoi sponsor e azionisti ".

Julieta non poteva credere a quello che le aveva detto.

Si lasciò cadere su una sedia e ripeté le parole più e più volte nella sua mente.

Bob aveva pianificato tutto, ma quanto era coinvolto nell'intera faccenda?

"È tutto un gioco di ruolo per salvare un giornale?" lei chiese.

"Non tutto. Come ho detto, è complicato. Ora, almeno questa parte non continuerà affatto. Non credo che qualcuno intelligente come te continuerà a parlarne."

"Cosa intendi?"

"Potresti rovinare tutto per me e Bob. Quindi, penso che sia il momento per il mio piano di emergenza. Scusa Julieta."

Rapidamente, una mano emerse da dietro la sedia e le chiuse la bocca.

Un forte aroma di etere riempì il suo sistema respiratorio.

Iniziò a lottare, guardando il sorriso triste di Billy Gaylor prima che la sua vista si offuscasse sempre di più mentre l'etere faceva effetto e diventava sempre più debole.

Un sonno profondo prese presto il suo corpo e la sua mente.

CAPITOLO 11

Aprì gli occhi e vide delle crepe nel soffitto direttamente sopra di lei.

Aveva dolori ai polsi e alle caviglie e si rese conto di essere sdraiata sulla schiena, legata per gli arti a un morbido materasso sotto di lei.

La sua vista si schiarì e notò che c'era ancora una puzza di etere presente intorno al naso e alle labbra.

La sua lingua era secca e gonfia.

Si guardò intorno dov'era.

Una stanza vuota senza finestre con una sola lampadina in una lampada di ottone nell'angolo vicino alla porta chiusa.

Julieta cercò di parlare, ma anche la sua gola era secca.

Si strattonò contro le morbide fascette di cotone intorno ai polsi, ma erano strette e non permettevano alcun movimento.

Abbassò lo sguardo su se stessa e si rese conto che era nuda, almeno in topless, mentre lui sentiva la presenza delle sue mutandine intorno alla vita e all'inguine.

La paura prese immediatamente la sua curiosità.

Voleva gridare e gridare, ma era consapevole della sua situazione pericolosa.

Potrebbe solo peggiorare le cose per lei se lo facesse.

Si disse di mantenere la calma e si rese conto che aveva bisogno di qualcosa da bere e, peggio di tutto, aveva bisogno di urinare.

La porta si aprì e una ragazza sconosciuta entrò nella stanza.

Almeno Gabrielle era sconosciuta a Julieta, poiché non si erano mai incontrate prima in vita loro.

"Dove sono?"

Gabrielle si appoggiò al bordo del letto di ottone e sorrise al suo ospite prigioniero.

"In buona compagnia, bel messicano. Non so nemmeno il tuo nome, ma mi dicono che sei importante. Devo prendermi cura di te."

"Ok, allora puoi slegarmi?" Ha chiesto Julieta

"No. Se lo facessi, potresti scappare."

"Allora posso bere almeno un bicchiere d'acqua?"

Gabrielle si spostò al lato del suo prigioniero e le accarezzò i capelli con una mano sottile con lunghe unghie dipinte d'argento.

Julieta notò che Gabrielle era vestita in modo strano.

Indossava un vestito aderente di pelle nera che le teneva stretto il seno, i suoi capelli biondi che le ondeggiavano e le ricadevano sulle spalle, ed era truccata con ombretto e rossetto argentati.

Il modo in cui Gabrielle le toccò i capelli e le fece scorrere un dito morbido sul viso aveva un accenno di crudele affetto.

Sapeva che chiunque fosse quella ragazza, non sarebbe stato facile affrontarla.

"Acqua? Non ho acqua. Cosa facciamo?"

"Ho bisogno di qualcosa da bere, sicuramente puoi capirlo." Julieta ha confessato. "Puoi portarmi qualcosa da bere?"

C'era una nota di affermazione nella sua voce.

Gabrielle si guardò intorno nella stanza e poi guardò Julieta.

"Lasciami pensare un po'..."

"Cosa c'è da pensare? Ho bisogno di bere."

Ora si rese conto anche che Gabrielle o era stupida o recitava.

Sembrava più recitare che altro, dato che era ovviamente decisa a essere decisamente crudele.

"Allora mi farai aspettare?"

"Sì."

"Sai perché sono qui?"

"Sì. Sei stato molto cattivo e devi essere punito."

"Chi te l'ha detto? Come ti chiami?"

Gabrielle toccò lentamente il capezzolo di Julieta e lo guardò reagire.

Sorrise con quel sorriso malvagio che aveva, facendo scorrere timidamente l'unghia affilata intorno all'alone.

"Oh guarda. Ti sto facendo arrapare?"

"Non c'è modo." Julieta ha risposto.

È stata la paura a produrre la reazione piuttosto che il coinvolgimento erotico.

"Possiamo parlare della mia sete? E non mi hai ancora detto il tuo nome."

"Ti fai la barba o ti tagli? Fammi dare un'occhiata."

Gabrielle fece scorrere il dito sull'ombelico di Julieta.

Deglutì a fatica, la gola le prudeva per la secchezza lasciata dall'etere, e poi sentì Gabrielle abbassarsi le mutandine.

"Oh sì, è carino. Vedo che ti tagli la figa. Così pulito e ordinato."

"Faccio del mio meglio."

Julieta sentì una puntura tra le labbra vaginali esterne mentre Gabrielle la spingeva violentemente.

"Fa male."

"Oh scusa. Stavo controllando se eri bagnato."

"E se è così?"

"Hmmm ... forse potremmo giocare."

"Forse potremmo. Ma prima ho bisogno di quella bevanda."

Pensò Gabrielle, facendo scorrere lentamente il dorso delle dita sull'ombelico di Julieta ancora una volta.

Poi si fermò e corse alla porta, lasciando Julieta sola nella stanza.

In quel momento tirò un sospiro di sollievo sperando che presto sarebbe arrivato un drink.

Ma non fece nulla per alleviare la tensione nella sua vescica che stava diventando sempre più dolorosa.

CAPITOLO 12

Gaylor scese dalla sua limousine su un pavimento disseminato di rifiuti e si diresse verso l'auto parcheggiata di fronte.

Posò la valigetta sul cofano e attese, fissando Stevens attraverso il parabrezza.

"Hai intenzione di andare a raccogliere questi soldi o cosa?"

Stevens, dopo una pausa di pochi secondi, scese dall'auto e Gaylor gli girò la valigetta senza toccarla.

"Cosa c'è che non va? Non lo vuoi? O forse pensi che stia tradendo questo? Guardati intorno!"

"Non mi fido di te e non mi fiderò mai di te, Billy."

"Vuoi raccontarlo?"

"Non."

"Pensavo avessi detto che non ti fidi di me, stupida merda!"

Stevens afferrò la valigetta e la lanciò nell'auto di fronte a lui.

"Hai infranto le regole, Billy. Non avresti dovuto contattare Danny."

"Bene, diciamo solo che aveva un affare in più da mettere nel suo giochino." Gaylor ha risposto sorridendo. "E questa faccenda è migliore del tuo affare. E gli ultimi cinquantamila dollari ti pagano bene."

"Non preoccuparti Billy, un giorno ti avrò."

Stevens accese il motore e mandò su di giri il rovescio di Gaylor, che sorrise di addio inviando gesti osceni con le dita.

Billy Gaylor aveva offerto a Danny un affare migliore dell'originale Stevens.

E la lealtà di Danny adesso era cambiata, lasciando il detective nel mezzo di uno sfortunato dilemma.

Ma Danny non si rendeva conto di come fosse finita la sua situazione.

Stevens ora avrebbe cercato di trovare un modo per fermare gli stupri e arrestarli tutti senza esporre il proprio coinvolgimento negli eventi.

Non sarebbe stato facile, ma era determinato a farlo, poiché chiunque poteva dire ora che poteva essere lui a essere immediatamente eliminato dal piano.

***

Gaylor si è seduto nella sua limousine e ha ordinato al suo autista di accompagnarlo a casa.

Compose un numero sul cellulare e attese fino a quando non ricevette risposta.

"Oh Danny, come stai? ... ti prendi cura del mio piccolo amico?"

CAPITOLO 13

Julieta guardò Gabrielle allentare il polso e poi permetterle di bere un sorso d'acqua dal bicchiere, goffamente.

Gabrielle sorrise e accarezzò scherzosamente i capelli di Julieta, aspettandosi che giocasse ai suoi giochi in cambio di favori.

Ma Julieta aveva altre idee.

"Grazie. Allora posso sapere chi sei e dove mi trovo?" Chiese Julieta guardandosi intorno nella stanza vuota. "Sai che mi aiuterebbe se potessi sedermi. Se mi slegassi l'altro polso."

"Non posso farlo". Rispose Gabrielle.

"Perchè no?"

"Potresti scappare."

"Ok. Ti prometto che non lo farò, e inoltre, forse potrei cavarmela meglio con quello che hai in mente."

Questo ha reso Olimpia eccitata e Julieta si è resa conto che non era la persona più intelligente del mondo quando si trattava di intelletto.

"Hai promesso?" Chiese Gabrielle.

Julieta ha risposto con un sorriso e scuotendo la testa.

"Vuoi davvero giocare?"

Gabrielle allungò una mano e iniziò a slacciare l'altro polso, sollevando la gamba da terra mentre lo faceva, rendendo accessibile il pugnale nei suoi stivali al ginocchio.

Julieta la raggiunse rapidamente con una mano libera, gettandole il bicchiere d'acqua in faccia per buttarla fuori strada.

Con entrambe le mani libere, strinse forte i capelli di Gabrielle e si portò il pugnale al viso.

"Non pensare nemmeno a spostare la cagna!"

Gabrielle ha fatto quello che le era stato detto.

Non aveva nemmeno immaginato che Julieta potesse fare una simile mossa su di lei.

"Voglio che tu faccia tutto quello che ti dico ..."

In quel momento, Julieta gli ordinò di allungare la mano e di slegarle lentamente le caviglie una alla volta mentre si teneva ben stretta i capelli, tirando di tanto in tanto per mostrarle chi comandava.

Julieta si inginocchiò e tirò Gabrielle verso di lei, ora tenendole il pugnale alla gola e tirandole i capelli.

"Ok, adesso usciamo da questa stanza. Chi c'è dall'altra parte di quella porta?"

"Gary è della porta accanto."

"Qualcun altro?"

"No, solo io e Gary."

E in quel momento la porta si spalancò.

Danny era in piedi nell'inquadratura e puntava una pistola contro le due donne.

"Puttana messicana, lascia cadere il pugnale ... ORA!"

Julieta era rimasta sorpresa, non solo dall'improvviso bussare alla porta che si apriva, ma anche dal vedere una pistola puntata contro di lei.

La sua vescica è stata rilasciata in quel momento, incapace di resistere ancora a lungo.

CAPITOLO 14

Jimmy ha provato all'infinito a chiamare Julieta sul suo telefono.

Il numero di contatto che avevo non era disponibile o non ha avuto risposta.

Era tardi e il tempo che avevano deciso di incontrarsi era passato da tempo.

Ha cominciato a preoccuparsi.

Fece retromarcia per allontanarsi dal teatro e percorse a tutta velocità la strada principale, facendosi strada nel resto del traffico notturno, sul punto di causare diverse collisioni durante la guida.

Ha fatto irruzione nell'ufficio di Bob Andrews.

Bob ha lavorato fino a tardi per far uscire un numero con un'ottima copertina.

"Che diavolo! ... chi diavolo sei? Chi ti ha fatto entrare?"

Jimmy si appoggiò alla scrivania e, quasi afferrando Bob con la sua saliva, sputò fuori le sue parole:

"Julieta! Dov'è?"

"Come diavolo dovrei saperlo, non sono il suo tutore." Bob ha risposto.

"Le hai assegnato quel compito. Allora dov'è?"

"Dimmi prima chi sei e potrei considerare di parlare con te."

Jimmy si sistemò e si sedette nervosamente con la testa tra le mani.

"Mi dispiace. Ci tengo a lei. È scomparsa."

"Probabilmente lavora in un luogo tranquillo e appartato. A volte lo fa in questo modo."

"Non." Ha risposto Jimmy. "No, penso che abbia un problema."

"Non mi preoccuperei. Julieta si farà vivo quando sarà pronta. Allora chi diavolo sei?"

Ha spiegato a Bob chi era.

Bob non si era reso conto che Julieta aveva degli amici, tanto meno un amante.

Era una donna molto riservata che conosceva solo persone per affari.

E da quello che Gaylor le aveva detto solo un'ora prima, Julieta ha dovuto affrontare una tragica circostanza per toglierla di mezzo.

"Pensavo che potessi sapere dov'era. Mi dispiace di averti disturbato." Jimmy si alzò e andò alla porta dell'ufficio.

"No, aspetta. Siediti." Bob ha chiesto.

Ora era preoccupato per qualsiasi cosa Julieta potesse avergli detto.

All'improvviso, Jimmy rappresentò un rischio per l'intero piano che Gaylor aveva preparato.

"Forse posso aiutarti. Facciamo le cose in segreto molto a volte per proteggere cose e persone. Julieta è stata inviata per un compito molto urgente."

"Dove?"

"Non posso dirlo, ma ti assicuro che non ha niente a che fare con quello che ti ha detto."

Jimmy si rese conto che Bob era diventato molto nervoso e preoccupato non appena gli aveva spiegato chi era.

"E cosa pensi che possa avermi detto?" Chiedo.

"Il compito in cui avrebbe dovuto essere impegnata."

"Le violazioni nei trasporti pubblici?"

"Sì, questo è il punto."

"Signor Andrews, può dirmi qualcosa su quell'incarico?"

Bob ha iniziato a tremare.

"Non molto, in realtà. Cosa vuoi sapere in particolare?"

"Era disposta a catturare gli stupratori?" Chiese Jimmy, sistemandosi al suo posto.

"Non posso dirlo. Riservatezza e tutto il resto, capisci, giusto?"

"No, non capisco. L'hai condizionata a farlo come aveva pianificato?"

"Guarda, lei voleva così."

"Non credi che sia stato un po 'irresponsabile da parte tua?"

Jimmy sapeva come esercitare pressioni sulle persone quando necessario.

E ha scoperto che Bob Andrews mostrava chiari segni psicologici che stava nascondendo qualcosa di importante.

"Signor Andrews, non credo che sia in missione urgente. Sa dov'è, vero?"

Bob ora sapeva che Jimmy era una minaccia.

Il suo piano non era così facile come sembrava.

L'indole di Julieta era apparentemente facile.

Era una donna che viveva da sola e aveva pochissima vita privata al di fuori del suo lavoro.

Bob sarebbe stato il datore di lavoro premuroso e premuroso che si sarebbe preso cura delle cose.

Jimmy si arrabbiò sempre di più mentre sedeva a guardare le reazioni ansiose di Bob.

Jimmy si sporse velocemente attraverso la scrivania, afferrando la camicia di Bob con entrambe le mani.

Il suo peso non era un problema per lui, quindi concentrò tutte le sue energie sull'estrazione fisica delle informazioni che desiderava.

La natura mite di Bob ha reso facile per Jimmy intimidirlo.

"Dov'è lei!?"

CAPITOLO 15

Julieta sentì il dolore lancinante alle braccia mentre era sospesa alla corda.

Entrambi i polsi legati insieme sopra la sua testa, penzoloni, i suoi piedi a pochi centimetri dal pavimento sotto di lei.

Danny le mise un dito sulla scapola e la fece oscillare, il che fece aumentare ancora di più il dolore.

Gabrielle era seduta su una sedia e guardava sorridendo dall'altra parte della stanza.

"Cercando di scappare hai reso le cose più difficili per te." Sussurrò Danny all'orecchio di Julieta.

Le lacrime le scorrevano sul viso mentre cercava di combattere il dolore e la paura dentro di lei.

Ha camminato intorno al suo corpo nudo torturato e poi ha fatto un passo indietro.

"Mmmm ... che bel corpo latino che hai. Scuro e molto sexy. E vedo che ti prendi cura di te stesso. Mi piace, vero, Gabrielle?"

"Sì." Gabrielle si fece avanti e si fermò accanto al suo capo. "È molto sexy."

"Penso che il nostro amico qui avrebbe dovuto essere un modello, non un giornalista."

"Penso tu abbia ragione." Rispose Gabrielle.

"Ora si sta rendendo conto che aveva la sfortunata disposizione di essere benedetta con l'intelligenza che ha cambiato il corso della sua vita. L'intelligenza in una donna può essere un handicap. La mette in tutti i tipi di guai."

"Oh ... anch'io ho intelligenza." Gabrielle scattò.

La guardò e rise.

"Sì, ma molto poco."

"Devi liberarmi." Supplicò Julieta, la sua voce debole per il dolore.

"Che cos 'era questo?"

Danny si avvicinò, le sue mani vagavano sulla pelle intrisa di sudore dei suoi seni.

"Hai detto qualcosa?"

I suoi occhi erano parzialmente chiusi, ma lo guardò direttamente in faccia prima di sputarci sopra.

Danny si asciugò il naso nel punto in cui la saliva lo aveva colpito.

"Non è stato molto carino, Julieta. Come ti ho detto, peggiorerai solo le cose per te stessa."

Gabrielle flette il raccolto che teneva in mano.

"Lascia che la punisca."

Danny afferrò rapidamente il frustino e lo sollevò.

"No! Mettila giù"

CAPITOLO 16

La guardia di sicurezza saltò addosso a Jimmy da dietro e lo fece volare sul pavimento dell'ufficio, trascinando Bob con sé.

Jimmy fu superato dalla robusta guardia e trattenuto con entrambe le mani dietro la schiena.

Le manette scattarono in posizione.

Bob si alzò e si appoggiò allo schienale della sedia mentre la guardia sedeva su Jimmy, ancora scalciando e lottando per liberarsi.

"Va bene capo, la polizia sta arrivando." La guardia ha riferito. "Chi è questo ragazzo comunque."

Bob tirò fuori il fazzoletto e si asciugò la fronte.

"Qualcuno che ha superato i controlli di sicurezza. Dove diavolo stavi ... dormendo?"

"No. Ero di pattuglia."

"Allora come diavolo è entrato qui?"

CAPITOLO 17

Danny tenne Julieta e appese il suo corpo torturato sopra la sua spalla mentre Gabrielle le lasciava i polsi.

Quindi la portò su un materasso sul pavimento, abbassandola delicatamente.

Julieta era debole per il dolore di restare aggrappata alle sue braccia per quella che era sembrata un'eternità, ma erano solo poche ore.

"Non te la caverai mai, chiunque tu sia." mormorò

Danny si voltò verso Gabrielle e le fece cenno di andarsene.

Restituì un'espressione irritata e con riluttanza si appoggiò allo schienale della sedia.

Si fermò su Julieta e la guardò.

"Non sei in una posizione molto favorevole per minacciare nessuno".

Si inginocchiò accanto a lei e le scostò i capelli umidi dal viso.

"Non mi piacciono le minacce".

Lo guardò, sentendo la sua voce morbida ma aggressiva.

"Non mi piace essere sputato, preso a calci o picchiato. Vedi, mi piace avere il controllo."

La sua mano si mosse sulle sue labbra e poi sul suo viso.

"Sei così bella, Julieta, ed è un peccato che ti trovi nella situazione in cui ti trovi."

Si fermò e guardò in alto verso la luce tremolante che pendeva dal soffitto.

"Ti ucciderò." Si alzò e la guardò. "Vedi, io sono la tua nemesi."

Julieta iniziò a piangere e tremare.

Era impotente.

Danny estrasse la pistola dalla cintura dei pantaloni e la controllò.

Le sorrise e poi lo indicò dall'altra parte della stanza dove era seduta Gabrielle.

"Addio"

Il primo colpo esplose nello stomaco di Gabrielle, facendola barcollare all'indietro sulla sedia.

Il secondo la colpì in mezzo agli occhi mandando uno spruzzo di cervello contro il muro.

Il terzo colpo mirò al suo cuore mentre il suo corpo cadeva a terra.

Julieta iniziò a urlare istericamente.

Gary corse nella stanza, spalancando la porta con una benda macchiata di sangue intorno al collo.

Si fermò e vide il corpo straziato di Gabrielle a terra e poi guardò Danny.

"Che diavolo stai facendo?" Danny sorrise e questa volta sparò un quarto colpo mirato a Gary, che lo colpì duramente al petto e mandò il suo corpo attraverso la porta aperta.

Si inginocchiò accanto a Julieta, mettendole una mano contro la bocca.

"Shhhhhh ... Non è ancora il tuo turno. Ti prometto qualcosa di molto più eccitante."

CAPITOLO 18

Jimmy sedeva da solo in una cella.

Si stava ancora calmando dal suo attacco maniacale a Bob Andrews per cercare di venire a patti con il suo arresto.

La porta della cella si aprì ed entrò Stevens.

I due uomini si guardarono l'un l'altro prima che Stevens si presentasse.

"Non sei il poliziotto responsabile di queste violazioni dei trasporti pubblici?" Chiese Jimmy.

"Sì. Mi dispiace che tu sia stato maltrattato. Andrews probabilmente meritava di essere picchiato."

"Non l'ho colpito. Ho minacciato di strangolarlo se non mi avesse detto qualcosa che avevo bisogno di sapere."

Stevens rise e offrì una sigaretta a Jimmy.

Questo ha rifiutato.

"Cosa avevi bisogno di sapere?"

"Non importa".

Stevens si appoggiò al muro di mattoni della cella e accese una sigaretta.

"Penso che abbia importanza. Ha qualcosa a che fare con una persona scomparsa che non è ancora stata denunciata."

"Che diavolo ti importa?"

"Ci tengo molto. La tua ragazza è in pericolo in questo momento mentre parliamo."

"Allora perché non fai qualcosa?" Chiese Jimmy.

"Dobbiamo lavorare insieme. Io e te."

"Quello che stai dicendo è, non sai dov'è?"

"So esattamente dove si trova."

"Cosa? Allora fai qualcosa!" Jimmy si alzò e guardò Stevens. "Che diavolo sta succedendo qui?"

"Ascoltami..."

"No ... Esci e fai qualcosa adesso! Sei un poliziotto.

"Ho bisogno che questo sia tra te e me, nessun altro." Ha detto Stevens.

"Cosa intendi?"

"Guarda, le persone che hanno la tua ragazza in questo momento sono molto pazze. Sono capaci di omicidi a sangue freddo e da quello che sappiamo potrebbe essere troppo tardi. Quindi abbiamo un accordo qui?"

Jimmy ci pensò su, anche se ancora confuso, capì qualcosa.

Julieta doveva essere salvata da chiunque fosse e da chiunque la tenesse prigioniera.

La città era grande e c'erano molti posti in cui Giulietta poteva essere tenuta prigioniera.

La ricerca di lei da parte di un uomo avrebbe richiesto un'eternità solo se non si fosse imbattuta in lei a caso.

Stevens era la chiave.

Era un poliziotto con la vendetta in mente e un piano per salvare la propria reputazione, anche se Julieta non significava nulla per lui, men che meno Jimmy Clarkson.

CAPITOLO 19

Il mulino abbandonato in riva al fiume era uno dei tanti.

Come centinaia di edifici in rovina, era in attesa di demolizione e il suo posto nell'urbanista per esercitare la rigenerazione.

Ma, come molti progetti in città, era ancora un sogno e per i cittadini era un'altra falsa promessa.

Per Danny, era il suo nascondiglio e rifugio dalle autorità.

Un rifugio con le sue numerose stanze aperte e laboratori e ora il suo deposito per la morte.

Per Julieta, era il suo inferno personale, mentre Danny la portava in uno dei laboratori, imbavagliata e di nuovo legata dai suoi polsi doloranti.

Le tirò i capelli, non più quella lucentezza solitamente localizzata, ma arruffati e aggrovigliati.

L'ha costretta a inginocchiarsi su un altro materasso sporco sotto la minaccia delle armi e le ha chiesto di restare ferma.

I suoi occhi parlavano solo in silenzio, con paura e paura.

Si sedette accanto a lei tenendosi la pistola alla fronte.

"Sai, è facile ucciderti adesso. Tutto quello che devo fare è tirare questa leva e ... potere ... è finita." Ritirò l'arma e sorrise. "Ti rendi conto di essere uno dei miei prigionieri preferiti finora? Bello." Il suo dito scivolò sui suoi seni giovani e pendenti, toccando giocosamente un capezzolo. "Peccato. Devi essere eliminato."

Voleva parlare e implorarlo, ma il bavaglio era troppo stretto e tutto quello che poteva fare era piagnucolare.

"Ho avuto molte donne, ma nessuna brava come te." Si tolse i capelli dal viso. "Sì, c'è una cosa che posso fare per te. Rendi il tuo finale tranquillo e indolore. Ma devi fare qualcosa per me."

Danny sciolse il bavaglio e se lo sfilò dalle labbra.

"Non farò niente." Lei parlò a bassa voce, guardandolo di nuovo. "Puoi farmi quello che vuoi, ma non farmi del male. Lasciami andare."

Lui ricambiò il sorriso, ma con un mezzo sorriso malvagio, ma lei riuscì anche a percepire un certo grado di compassione umana.

"Non posso lasciarti andare. Questo è quello che faccio."

"No. Non devi farlo."

Le passò gentilmente la pistola sulle labbra.

Il tocco del freddo metallo la fece rabbrividire.

"Mi ricordi qualcuno. No, mi ricordi un angelo che una volta ho sognato. Era un incubo. Ero ancora al liceo. Ma il sogno era brutto perché eri un angelo custode e il demone ti ha distrutto."

Julieta notò che lui si era riferito a lei come l'angelo del suo incubo.

Questo gli ha dato qualcosa su cui lavorare.

"Quella volta ho fallito. Ma sono di nuovo qui e questa volta ti salverò."

Danny sorrise.

"Questo non è un incubo e ..." si guardò intorno. "Dove sono i demoni?"

"Era un sogno. Questo è reale. I demoni sono qualcos'altro."

"Qualunque altra cosa?" Il fiume. "Quali sono?"

Doveva pensare velocemente, ora che si rendeva conto che aveva la capacità di vedere che stava cercando di manipolarlo, muovendo i suoi pensieri a modo suo.

"Sicuramente hai dei nemici là fuori"

Danny guardò la finestra e il suo vetro sporco e rotto.

Si stava facendo luce e si cominciarono a sentire i suoni lontani delle sirene della polizia.

"Sì, ho dei nemici là fuori."

"Posso salvarti da quei nemici. Riuscire dove ho fallito l'ultima volta. Ma se elimini me, il nemico ..."

"Sta 'zitto!" Danny ha sputato fuori le sue parole.

Julieta si rese conto che il suo stratagemma non funzionava. O se?

"Non sai cosa vuol dire essere povero. Lascia che la polizia ti molesti per cose che non hai mai fatto. Mi trascinavano e mi picchiavano finché non ho confessato crimini che non ho mai fatto." Si alzò e la rabbia dentro di lui si riversò fuori. "Gli hanno sparato a sangue freddo."

"A chi?"

"A mio fratello!" Si strinse la testa per la frustrazione. "L'hanno ucciso a sangue freddo. Stava solo cercando di sfuggire ai rapinatori di banche. Era scappato ed era scappato via, e gli hanno sparato per strada".

Julieta iniziò ad assorbire il suo dolore ea capire.

Quando lei stessa era al liceo, si ricordava di quando la polizia aveva ucciso un ostaggio.

Un incidente hanno detto.

Danny era imparentato con la vittima?

"Ora ricordo" sussurrò.

Danny si voltò e si portò la pistola dietro la testa.

"Era lì con mia madre che aspettava. Lo abbiamo visto passare davanti ai nostri occhi. Abbiamo visto Bobby alzare le braccia verso di loro e poi abbiamo sentito gli spari ed è caduto a terra. Mia madre era isterica e non potevo muovermi".

"È stato un incidente."

"No. A loro non importava. L'hanno lasciato morire per strada. Un poliziotto ha persino sparato l'ultimo colpo da vicino che finalmente lo ha liberato dal suo dolore. Ora capisci perché sono loro il nemico."

"Ma perché fai queste cose?" Ha chiesto Julieta.

Danny le tirò i capelli, sollevandole la testa per affrontarlo.

Il dolore la fece urlare.

"Hai torto." La guardò in viso e vide la tortura che le stava instillando. "Non sono tuo nemico."

"Tutti sono miei nemici."

"Sono il tuo angelo custode, ricorda."

"Vaffanculo!"

Lasciò la presa e si inginocchiò dietro di lei, facendole scorrere l'arma lungo la schiena.

I suoi occhi colsero la forma morbida delle sue natiche e il profumo del suo corpo, sporco ma stimolante per i suoi sensi.

Posò la pistola accanto a sé e si aprì i pantaloni, liberando la durezza che ora gli toccava la pelle.

"Ti scoperò angelo." Sussurrò ad alta voce.

Julieta poteva sentirlo separarle le natiche e far scorrere le dita sul suo sesso.

Chiuse gli occhi in attesa e poi sentì il suo cazzo scivolare tra le sue labbra secche.

Entrò lentamente in lei e poi iniziò a colpirla ad ogni scatto dei suoi fianchi.

Gli strinse forte le mani e rivisse lo stupro che lei e Jimmy avevano preparato.

Nella sua mente si disse che era Jimmy.

Non ci sarebbe stato un orgasmo culminante per lei, ma Danny stava raggiungendo rapidamente il suo, quindi gemette e le afferrò i fianchi finché non sentì il suo fuoco sparare dentro di lei.

Danny si accasciò accanto a lei e lei aprì gli occhi per guardarlo.

"Sei orgoglioso di quello che hai fatto? Ti è servito a qualcosa?" ha chiesto con calore.

Aprì gli occhi e la fissò.

"Questo è ciò che faccio."

CAPITOLO 20

Stevens ei due leali ufficiali che lo accompagnavano si fecero strada nell'intenso traffico mattutino verso la vecchia zona del molo.

Questa volta avevano compagnia, Jimmy Clarkson.

"Ricorda, Clarkson, questo è tutto segreto. Non una parola per nessun altro. È chiaro?" Gli ha detto Stevens. "Possiamo farlo senza problemi e nessuno noterà nulla di insolito"

Jimmy fece una pausa, con la mente che girava.

Ora sapeva che Stevens aveva qualcosa a che fare con tutto questo.

Ma Jimmy era preoccupato solo per Julieta.

"Va bene, ma sbrigati!"

CAPITOLO 21

Julieta giaceva sul materasso per riprendersi dal suo calvario.

Questa volta l'aveva aspettata e lei aveva già imparato dall'altra esperienza.

Adesso stava aspettando di morire.

Danny era in piedi vicino alla finestra e dava sul fiume e sul ponte sospeso che lo attraversava, collegando metà della città all'altra.

Quella mattina gli erano stati riportati i momenti solenni del giorno in cui era morto suo fratello.

Ricordi che erano stati tenuti nella sua mente per anni e che gli avevano lasciato anche una traccia di rimpianto per ciò che aveva appena fatto.

"Quando finirai questo per me?" Julieta ha chiesto "Sto aspettando di morire!" lei ha urlato.

Era già al di là di ogni panico e si era rassegnata alla tortura e alla minaccia che la circondavano.

"Hai mai visto la città la mattina?" Chiedo. "Il fiume. Il modo in cui il sole nascente splende sull'acqua? Quella luce calda e rilassante e il caos che lo circonda?" Si voltò a guardare il suo prigioniero. "Tu fai parte di tutto questo. La bellezza nel caos."

Le doppie porte dell'officina si spalancarono e risuonarono degli spari, echeggiando sul soffitto della stanza.

Danny sentì i proiettili colpirlo, squarciargli la carne come colpi violenti e roventi.

Julieta urlò e si raggomitolò sul materasso.

Danny inspirò bruscamente quando il dolore cominciò a insinuarsi nei suoi sensi e guardò i due uomini che reggevano i fucili.

Sorrise mentre si appoggiava al muro, scivolando lentamente verso il suolo.

Stevens entrò dietro gli uomini e si diresse verso di lui.

"Mi hai." Sussurrò guardando la figura alta di Stevens.

Alzò la pistola contro Stevens, che reagì rapidamente puntando la sua pistola.

"Non preoccuparti, è vuoto." La pistola cadde a terra e Stevens la recuperò rapidamente.

La rivista era vuota.

Jimmy si precipitò e confortò Julieta.

Stevens fece un passo indietro e guardò la vita di Danny allontanarsi dal suo corpo.

"Vieni a trovare gli altri!" ordinò ai suoi ufficiali.

CAPITOLO 22

Billy Gaylor stava oziando a bordo piscina, rilassandosi in un'altra giornata di sole quando squillò il cellulare.

"Ciao ... Bob, che succede?"

Bob era in preda al panico spiegando cosa era successo la sera prima nel suo ufficio.

"Senti, posso occuparmene. Vacci piano, ti chiamo, okay?"

Billy spense il telefono e si voltò verso la guardia del corpo accanto a lui.

"Sembra che abbiamo un altro corpo di cui occuparci. Non sarà un problema, vero?"

Compose il numero di cellulare di Danny e aspettò che rispondesse.

"Danny? Ci sei?"

"Indovina chi sono, Billy" rispose Stevens. "Danny non è disponibile in questo momento, temo. In effetti, non credo che lo sarà mai più. Tu ed io dobbiamo essere seri."

"Che diavolo hai fatto Stevens?"

"Quello che ho detto che avrei fatto. Incontriamoci al solito posto. E stavolta vai da solo."

CAPITOLO 23

Jimmy ha accompagnato Julieta nel suo appartamento.

Potevo sentire la doccia che scorreva e lei che piangeva mentre si lavava nella nebbia delicata dell'acqua calda.

Aprì la porta del bagno e la vide inginocchiata all'interno del mobile di vetro smerigliato, rendendosi conto che tutto questo era stato inutile e non avrebbe portato vera giustizia.

Gli stupratori sui mezzi pubblici erano finiti.

Julieta aveva raggiunto la metà dei suoi obiettivi, ma i manipolatori sarebbero stati liberi.

È tornato in soggiorno e ha guardato il tavolino da caffè e ha scattato tre fotografie di se stesso mentre era in strada durante la scorsa settimana.

C'era una lettera allegata a uno di loro che diceva semplicemente:

"Il tuo amante. Queste foto erano degli stupratori del trasporto pubblico. Ho pensato che potresti farne buon uso e farglielo sapere se necessario."

Julieta entrò in soggiorno avvolta nel suo accappatoio.

Avvolse le braccia intorno a Jimmy da dietro di lui e lo abbracciò forte.

"Queste fotografie?" Chiedo. "Chi te li ha mandati?"

Li guardò e scosse la testa.

"Non ne ho idea. Sono venuti alla mia porta l'altro giorno. Ovviamente qualcuno ha pensato a me, che facevo parte della banda."

"Un pentito."

"Forse chi lo sa?" Gli prese le fotografie di mano e le gettò sul tavolo. "Non importa adesso. Gli stupratori se ne sono andati."

"Non è finita. Il tuo capo e gli altri sono ancora liberi." Egli ha detto.

"Penso che abbiamo fatto abbastanza. Lasciamo perdere. Non voglio altri problemi."

CAPITOLO 24

Billy andò da solo al lotto vuoto con la sua auto sportiva.

Stevens e le sue due scorte stavano aspettando da tempo prima che Billy si fermasse accanto a loro.

Billy era pazzo di rabbia quando scese dalla macchina.

"Esci di lì, mostra la tua faccia!" gridò a Stevens.

Stevens scese e affrontò Billy, che lo guardò.

"Va bene, sono fuori. E adesso?"

"Posso lasciarli nella merda ogni volta che voglio. Hanno appena fatto un pasticcio.

"No. Ci siamo sbarazzati di un problema che hai aiutato a iniziare." Ha risposto Stevens. "E non ci sono problemi. La metropolitana e gli autobus sono di nuovo sicuri".

"E la puttana messicana e il suo amante?"

"Cosa c'è che non va in loro, Billy? Tu e Andrews volete fare qualcosa al riguardo? Vogliono entrare in qualcosa di più profondo? E non si preoccupano di quello che intendono fare là fuori?"

"I corpi. E Danny e la sua gente?"

"Sono scomparsi. Non mancheranno a nessuno, perché non hanno nessuno a cui importi." Stevens ha risposto con un sorriso orgoglioso. "Quindi dipende tutto da te e Andrews. E non hai prove che fossimo coinvolti ora che Danny è fuori scena."

"Ma la ragazza e il ragazzo sanno tutto."

"Loro? Ho appena parlato con loro. Entrambi non hanno futuro qui. Sognano come tutti gli altri. Potresti aiutarli entrambi finanziariamente. Realizza i loro sogni." Stevens infilò un foglio di carta nella tasca della camicia di Billy. "Chiamala una bolletta per i servizi resi. È meglio pagarla per intero se tu e Andrews volete restare puliti in futuro. Tu ed io sappiamo quanto costa il silenzio di questi tempi. Non è economico."

Stevens tornò alla sua macchina e sorrise a Billy mentre si allontanavano.

Billy prese il giornale e lo lesse.

Una richiesta di denaro per il silenzio del giornalista e del suo amante, e che Stevens ora avrebbe vigilato affinché avesse rispettato.

FINE

www.ingramcontent.com/pod-product-compliance
Lightning Source LLC
LaVergne TN
LVHW091046150826
845673LV00002B/481

* 9 7 9 8 2 3 0 3 2 7 5 2 3 *